Проснуться во сне

George Koeman

Published by George Koeman, 2023.

ПРОСНУТЬСЯ ВО СНЕ

First edition. March 26, 2023.

Copyright © 2023 George Koeman.

ISBN: 978-9939704005

Written by George Koeman.

Проснуться во сне

Пролог

Я проснулся.

Автобус трясло. За окнами поступали огромные скалистые горы. Взгляд коснулся девочки, что привстала с кресла, на другом конце салона. Она была знакома, слишком родная. Её глаза, такие нежные и ласковые.

Я её люблю. Да? Но кто она?

Автобус начал сильно трястись, заезжая через крутой склон, кружащий своей дорогой поперёк вверх. Все сотрудники невольно подпрыгнули на сиденьях. Менеджер стоящий посередине, взволнованно зашагал в обратную сторону салона. Внутри началась суматоха.

Я посмотрел за окно. Впереди был длинный мост. Мы подъезжали к нему с большой скоростью.

Автобус обрушился возле выступов моста и полетел носом вниз, в каньон. Понесло ужасающей мощью и искривляющей гравитацией внутри, где господствовала невесомость. За окном скалы медленно обрушивались на головы. Мы падали в огромный океан.

Я не волновался, такое уже случалось. Либо мне все это кажется, либо я сейчас проснусь.

Вокруг царило беззвучие. Все тихо поднималось вверх и начинало лететь в небе. Все было слишком быстро.

Бдых!

Вздох...

Вода заполнила салон. Не прошёл и миг как в ноздри ударил сильный поток пресной воды. Я начал задыхаться. Мы продолжали погружаться в бездну.

Значит, это и есть та смерть, о которой я много слышал, читал, видел, думал и писал.

Темнота порабощала лучами темных лезвий. Не сумев уловить момент, я уже был в открытом океане. Один. В чёрном причёрном течении, несущий меня своей чудовищной властью вниз. Медленно словно бесконечное падение в открытом космосе, в беспросветном и ужасающем могуществе. Лишь сверху виднелся умирающий свет, но и там сгущалась гамма мрака.

Капли летели вверх, убегая от меня.

Буль.

Нет. Не хочу! Хватит.

Я хочу дышать.

Я не хочу умирать!

Пора просыпаться. Я должен. Сейчас я проснусь. Уже время.

Уже...

Уже поздно.

Буль!

Мрак захлопал все в свой натиск. Мир погрузился целиком в беспощадную мглу.

Буль...

Скользкое ощущение прикосновения по спине, пробежало омерзительностью по всему телу. Это явно была рыба. Но я её не видел.

Медленно спускался все ниже спиной вперед. Гравитация...

Буль... буль...

Не могу дышать.

Ну же...

Давай же...

Ну же, давай!

Некие существа появились надо мной. Под натиском смешанных переплетений темных гамм, сражающихся с душащим светом, я смог их отличить.

Тела. Утонувшие, мёртвые останки, разбросанные по застывшему течению и медленно плывущие над бездной. Захлебнувшиеся огромной мощью океана, разлагающиеся конечности. Плывущие хлыстом, искривляющиеся узоры крови вокруг тел, как будто всаживались в моё сердце кол, ведь некоторых я узнавал в бездушные и холодные лица.

Выдох...

Буль...

Воздуха мне...

Воздух...

Оттенки красного огнём пробираясь сквозь тьму, смешались с исхудалыми останками белого света и украсили бездну темно-алой краской.

Красиво...

Это конец.

Мне больше не проснуться.

Это самая худшая смерть.

Окаменелое тело упало. Песок вокруг взмыл дымом. Я лёг на дно.

Тишина.

Как же хочется закричать, протестовать, заорать так, чтоб глотка порвалась на куски.

Буль...

Поздно...

Однажды в энциклопедии, которую после сдал за гроши в подземку распродаж старых книг, я прочитал что после смерти человеческий мозг не отключается ещё пятнадцать секунд. Он продолжает думать ещё пятнадцать секунд. Жить... ещё пятнадцать секунд.

Царила мёртвая тишина. Спокойная, адская, бесконечная...

Тик-так...

Я умер.

Секунда первая... пошла.

"Внезапно я проснулся и не знал, то ли я человек, которому
приснилось, что он бабочка,
то ли бабочка, которой приснилось, что она — человек. "

<u>Чжуан-цзы</u>

Часть 1:

Детектив и писатель

Секунда 1:

Клиномания[1]

"Разбитая бутылка вина в руке. Девушка с треснутым черепом лежит на полу комнаты. Осколки стекл, блистают в номере от плавно горящей лампы. Кровь, медленно растекается на паркете...

Все оттенки красных гамм, плавные и резкие штрихи, что отброшены кистью мастера. Бушующие размазанные каракули, гневом раскинутые по стенам, дивану, стульям... Отсохшие капли на кружке для чая, под алой пеленой. Будто безумный художник, что открыл миру свой внутренний взор. Псих, что ненавидел весь мир и вылил все на одного человека. Он был искренен и показал монстра, что обитает глубоко за клеткой.

Он схватил девушку за шею, жестко поднял в воздух на несколько сантиметров и метнул на стену. Сжимая её нежную шею, его кровь начала кипеть, в другой руке все ещё держа разбитую бутылку.

Умоляюще, девушка пыталась кричать от нехватки воздуха. Бесполезно. Шею давила мощь мышц пальцев, что вонзались в нее все сильнее с каждой попыткой неповинавения. Она безвольно брыкалась и тряслась последними силами.

Взмах!

Быстрым и плавным свистом проткнул живот острыми лезвиями бутылки.

"

Кровь заструилась по всей руке. Хлестнули и расползлись капли темно-красных пятен по стене. Словно детёныши змеи, уплывающие медленно вдаль, и сплетённые в плывущий узор.

Голова, сопротивляясь, каталась на шее. Вскоре медленно остановилась и больше не издавала умоляющий стон. Она повисла на руке, как сломанная ветка дерева.

Струя крови заполнилась меж пальцев. Липкая жижа как масло притягивала их друг к другу. Тёплый пар вползал в ноздри и, как гурман, ударивший, наслаждался этим. Эйфория распускалась пламенем по всему телу. Безумие дошло до предела, и черта была уже далеко позади.

Адреналин удовольствия наполнил Виновника. Тело хотело взорваться, словно пламя изжигалось лавой и бурчало неистовой гордостью. Он еле сдерживал улыбку на губах. Глаза хотели убежать и дрожали как листки от бури. Плоть разразилась жаждой изнутри. Злорадство и невыносимое самодовольство поглотили рассудок. И на миг...

Убийца почувствовал себя Богом!"

Вот как представлял себе эту картину детектив, глядя на лужу засохшей крови по всей комнате.

Тело жертвы уже унесли. Он осмотрит её позднее в морге.

Детектив стоял на одном и том же месте с того момента как прибыл сюда. Его уставшие глаза и синевато мрачные закраски под ними не скрывали уставший вид. И ведь правда, сейчас он мечтал выспаться, хоть и позволить себе не мог даже задумываться об этом в такой момент.

Окружающие полицейские, репортёры и масса коллег обнюхивали все углы номера. Трое мужчин шушукались на балконе, изредка кидая взгляды внутрь.

-Вот он так вечно.

-Да, уж!

-О чём это вы?

-Видишь того парня?

-Того, что стоит в углу?

-Именно. Один из лучших детективов в штате. Приходит, стоит, смотрит и уходит. Иногда ни к чему даже не притрагивается.

-Говорят, он умеет видеть то, что происходило во время убийства.

-Как это?

-Возможно, он экстрасенс.

-Не мели чепуху... Он просто хороший детектив, представляющий ход событий за счёт увиденных улик и итогов...

-Эй, он идёт сюда!

Детектив отворил дверь.

-О, кто же это у нас. Не уж то великий детектив Маркус!

Новый гость устало швырнул себя на ближайшую стенку, упёршись на неё и закинул голову назад. Не спеша достал сигарету, не вынимая пачку из кармана. Зажег. С простым и спокойным удовольствием растянулся, и с нескрываемой усталостью, выпустив первую тучу дыма в воздух, заговорил:

-Опять... Один и тот же подчерк.

-Что, не сладкая ночка выдалась? Ты какой-то усталый, - обратился к нему Луи, один из трёх присутствующих сотрудников. Антон и Ли заострили взгляды.

-Ну да... - приподнял голову, - каждую пятницу... Богатая девушка, к ней домой, разговоры за бутылкой вина... ни следа полового акта... Осколки бутылки, разрушенный череп и проткнутое тело на полу... Просто псих с извращенским и непонятным садистским фетишом...

Втянул сигарету, выпустил дым вверх одним залпом и продолжил, пока остальные спокойно слушали.

-Но вчера была суббота. И сразу после пятой жертвы была и шестая через день. Я всю ночь не спал, раздумывая этот шаг. А сегодня ночью снова... Почему воскресенье?.. А что если для убийцы не имеет значение, то что день меняется с полуночи, и для него вчера был конец субботы, а не начало воскресенья? Кажется, меня ожидает ещё одна мучительная ночь.

-Значит, теперь он убивает каждый день?!

-А может каждые выходные? Хотя... - начали обсуждать слушатели.

-Завтра это будет ясно. - Сделал вывод детектив.

-Но я не понимаю Маркус... Как можно не найти ни единого следа отпечатка или других хотя бы малейших улик на семи точно одинаковых убийствах. – Спросил новый помощник Луис.

-В этом и вся соль. Пришёл, убил, исчез. Даже на осколках бутылок вина нет отпечаток. Как такое возможно?! Он что вечно в перчатках, и это не подозрительно для этих наивных богатых дам? А наш округ довольно большой. Даже нельзя снизить круг будущих жертв, одиноких молодых женщин сейчас навалом. Каждая третья потенциально следующая жертва.

Последовали сопутствующие диалоги, медленно разрастаясь в несвязанный базар. Но детектив не обращал на это внимания, он был полностью погружен в свои раздумья.

Так долго он не застревал не на каком деле, ничто не могло противостоять ему так как это расследование, ничто так сильно не сопротивлялось его мастерскому чутью. От просчётов оценки Маркус приходил в некое странное отчаяние безвыходности, и в то же время наполненности и струящейся удовлетворённости, жаждущей ожидаемого продолжения.

Наконец он поборол свои внутренние схватки и вернулся в реальность:

-У меня уже был один странный фетишист, - разрезал тот атмосферу, и все прислушались. - Он душил женщин их же на лысо настриженными волосами. Представте. Он их просто душил собственными волосами. После он рассказывал, что не виноват в своих поступках. Что это всего лишь были его сексуальные побуждения, и он не в силах сопротивляться им. А когда жертва была мертва, и возбуждение исчезало, он приходил в безумие от сделанного. Все же Фрейд, чёртов псих, был прав. Люди рабы своих животных инстинктов.

-И как ты его поймал? – спросил офицер Ли.

-А я его так и не успел поймать. После трёх убийств сам пришёл и признался. Сказал что больше не хочет видеть удушенный труп у своих ног, после того, как приходит в себя. А ведь и диагнозы показали, что он не был ни в чем болен. Просто его сексуальные побуждения брали над ним вверх и это, приносило ему бесподобное удовольствие. А закончив, как после секса, ему становилось тошно от своего поступка и самого себя. Можно игнорировать сексуальные фетиши, не причиняющие людям вред, но такое...

-И что, его засадили?

-Ну-у... рассуждения велись довольно жёсткие, но... Он ведь поступил правильно. Признание послужило смягчающим фактором, и теперь он получает психические консультации в тюрьме и, возможно, когда-нибудь сумеет научиться руководить собой.

Маркус курил. Окружающим казалось будто он снова ушёл. Так оно и было. Он погрузился в мысли и тлел разгорающийся костёр, что уже долгое время заливает своим теребящим туманом его внутренности. В добавок его разум боролся с потребностью сна, из-за чего он поступал в неком трауре. Единственное, что приходило на ум в куче сведений, докладов, отсчётов, сборов информаций и улик для поимки "Виновника"... то в чей достоверности Маркус не сомневался...

"Я тебя поймаю." – подшёптывал он себе и это каким-то образом действительно помогало успокоиться.

Сигарета кончилась и Маркус бросил окурок с балкона вниз, в пасть города.

Тишина сползала на балконе, как змея. Лишь снизу доносились тлеющие звуки дорожных пробок и сигналов. Атмосфера была настолько гнилая, что Ли решил это исправить:

-А знаете, я одно не понял... - вопросительные взгляды других окружили его, - этот маньяк, которого уже называют "Виновником", из-за вина... - насмешливо сказал он, пробежав по взглядам всех. Но шутка была не к месту, так как все уже слышали её не раз. Прозвище расползлось после третьего убийства, когда было понятно, что акт насилия начинался после одного бокала вина. Рассказчик не сдался и продолжил. - Значит, он соблазнял, приходил домой к богатеньким женщинам и даже... - Он кивнул головой и на лицах у всех начались светиться растущие улыбки. Намёк был понят... – Он что, гей?!

-Возможно. Хотя мало вероятно, - предположил Маркус. – Ещё рано судить о его сексуальных предпочтениях.

Взорвался смех окружающих, наконец, отодвинув тучи.

-Ты и правда шуток не понимаешь, Маркус. – насмешливо заметил младший детектив Антон.

-Совсем нет. Я понял, просто конспектировал факты. - Он попытался улыбнуться, с отсутствующим видом вглядываясь в пустоту, но не очень получилось.

Наплыв смеха не мог утихамириться непониманию Маркуса и тем самым поднимал всем настроение. Усталость исчезала, как кусочек сахара в горячем чае. И это давало надежду на позитивную предрасположенность к оставшемуся тяжёлому дню.

Маркус не обижался, он даже не очень понимал почему все смеются. Люди, с которыми он уже давно работает, коллеги, товарищи, возможно, в некотором роде даже друзья... сейчас их голоса плыли где-то за берегом... Ведь он пытался сдерживаться... ведь он слышал...

Вздох-выдох...

Вздох-выдох.

Вздох...

Надо было остаться в постели ещё пол часа.

Выдох.

Вздох.

Выдох.

Постель, она так нежна и приятна...

Вздох.

Выдох.

Вздох...

Кто-то дышит ему под ухом. Маркус пытается не обращать внимания. К этому обманчивому предчувствию, он уже успел привыкнуть.

Выдох.

"Бессонница, как и сон, полна видений."
Виктор Гюго "Человек, который смеётся"

Секунда 2:

Анахоре́т[2]

Вокруг все красное... вода, масло, земля, или... пластиковое жидкое болото. Море... словно живое. Будто в желудке огромного животного, который пытается меня переварить.

Взрыв огня! Словно взрыв вулкана, не достающий меня. Он далеко. Исчез.

Я полностью бездвижен. Не могу пошевелиться. Течение прижимает меня... сильно. Очень сильно. Руки словно перевязанные, и даже пальцам не шевельнуться. Только голова и половина плеч наслаждаются свободой.

Неожиданно передо мной возник образ человека, будто танцующий труп появляющийся и исчезающий.

Приближается... приближается ко мне.

-Что же я сделал?.. Я не хотел... прости.

-За что? Ты делаешь то что хочешь, не это ли единственный ответ, для того чтобы жить полной жизнью?

-Но...

Он исказился, и мама, появившаяся предо мной, сказала:

-Ты не сможешь. Не надо. Повзрослей же уже.

Море волной нежно унесло меня вперед.

-Это неправильно... Не надо. - Развернулся я, но голос матери уже исчез.

Странствия по алой луже немного облегчили тело, и я смог почувствовать движение конечностей. Поднял левую руку и потянул вверх. Некая мощь понесла меня вперед за собой. Течение нарастало и скорость росла. Секундами дальше она уже несла меня огромной быстротой, разрезая господствующий океан, в котором поселился некий страх. Он пытался остановить движение и хаос, расплывающийся всплесками вокруг. Вода пыталась затвердеть.

Вдруг свинцовая тяжесть остановила меня и попыталась затянуть на дно. Скорость упала до нуля. Взгляд кинулся наверх, где увидел...

Зажал зубы... Прыгнул, обломив в крошки и осколки стеклянный ледник. Он разлетелся на ветру.

-Ты не сможешь!

Правую руку нацелил вперед, на точку впереди. Он уже близок.

Я летел к нему. Рука тянулась изо всей силы. Она так близка.

Зажал кулак!

Я поймал его. Он проиграл.

Я поймал свет.

Океан скрутился вокруг себя и взмыл в небо. Рухнул! Образовался бедствующий цунами летящий на меня, плюющий красными языками капель.

Оно обрушилось, под тяжестью собственного веса. Сглотнула и утопила меня и мой свет, который я больше никогда не отпущу.

*****

Я проснулся.

Растянулся на столе. Видно опять ни с того ни с сего отключился. Мне срочно нужен отпуск и жаркий пляж с уймой времени на сон. А то скоро в таком графике и скелетом превратиться не далеко.

Взглянул на листки перед собой. Глазами прошёлся по последней чернильной строчке и про себя сказал:

-Уфф... хватит на сегодня... - кинув ручку на стол. Она покатилась по листам про детектива Маркуса и остановилась у края стола, чуть не упав.

Имя детективу я дал своё, так как всегда задумывался о подобной крутой карьере. Жаль жизнь устроилась иначе.

Поток мыслей о продолжении книги вдруг срезали внезапные и наглые стуки в дверь.

-Да, иду! - Закричав и борясь с ленью, подбежал к двери. Конечно, хотелось добавить, что "не надо ломать дверь", плюс ещё не мало сладких слов, но решил не спешить и узнать, кто же стоит позади нее.

Заглянув через глазок, я увидел далеко не то, что ожидал. Вместо обаятельной молоденькой блондинки, кто была бы весьма к месту, считаясь с тем, что у меня уже давно не было отношений, само собой и секса, я увидел старую каргу, чью рожу недолюбливал. Боже правый. Как же давно у меня не было секса! Эти сладкие... но конечно же возбуждающие мысли оборвала эта саранча.

-Сэр!.. Принесла счета электричества и воды.

Она приносила счета. Я не любил новейшие технологии, и у меня даже не было интернета, чтобы платить из электронного кошелька. Да куда там интернет, я даже от компьютера и телевизора давно уже избавился.

Помню, как писал роман о парне потерявшей мать и настолько впал в депрессию от собственных иллюзий, что начал крушить дом. Так и телевизор оказался, слава Богу – возле машины соседа, живущего прямо подо мной. Занудный ублюдок. Честно говоря, если бы телевизор упал на его машину, которую он моет каждый день и тютюкается как с любовницей, я бы обрадовался. Но боюсь, она была застрахована. Хотя в нашем-то веке даже хвост моего кота застрахован. Ненароком встану на него, и давай плати штраф собственному питомцу... Хотя и кота у меня нет.

-Оставьте их под дверью, сейчас я не могу открыть.

Не хотелось мне видеть лицо этой противной старухи вблизи, которая только и может, что приносить плохие вести. Лучше бы она поскорее убрала свою засохшую задницу с порога моего дома.

После того, как я избавился от *гостьи*, вернулся и сел на своё любимое кресло. Взял ручку в руки и после завис... Через несколько минут, швырнув ручку на стену, закричал:

-Черт! Все мысли отрезала своими проклятыми счетами. Тварь!

Лучше прогуляюсь.

Всегда любил пройтись на свежем воздухе. Это помогало собрать мысли, подумать обо всем в мире, но в частности о книге которую пишу в этот момент. Я не бегал, не нажирался, не тренировался или что-то другое, что делают другие, чтобы собраться с мыслями. Я просто прогуливался. Иногда в наушниках, слушая песни по настроению. Больше люблю безлюдные места. Ненавижу кучки людей, где все только и могут что болтать.

Я вышел из дома. В городе облака кружили медленно над большими и длинными, словно жирафы, небоскрёбами. Маленькие белые машины перемещались с огромной скоростью как молнии. В каждом из них сидел один человек, смотрящий в плазменные мониторы перед собой. Они двигали губами, руководя этой машиноподобной техникой. Блин, вспомнить лишь старые фильмы, тогда это и вождением не назовёшь. Тогда люди хоть удовольствие получали от вождения. Все потеряло свой смысл и своё значение.

Мне иногда кажется, что я должен был родиться на десять-двадцать лет назад, что все это не для меня. Возможно, я старомоден, но все эти технологии и развитие мира со временем меня полностью вывели из себя. Поначалу я тоже радовался так называемой эволюции, но потом понял, что чем больше люди развиваются, тем больше становятся похожи опять на приматов. Сейчас я иду в единственную редакцию в этом огромном штате, а когда-то их было несколько десятков. Никто больше не читает. Даже фильмы уже теряют свою актуальность. Единственные здешние важные для людей фильмы - это полностью графические ролики, больше похожие на простые высококачественные популярные игры. Но и они когда-нибудь устареют. И все найдут что-то новое. Новое занятие, и конечно более лёгкое, что означает более примитивное. И так, до того момента, пока полностью не превратятся в существ, живущих лишь для того, чтобы жрать и занимать время, дожидаясь дня кончины. Это по крайней мере единственное от чего они никак не устанут. Жизнь, смысл в которой лишь в том, чтобы однажды закончиться.

Меня окружает и поглощает деградирующий мир. Нет... этот 2027 год совсем не для меня. Тут даже невозможно найти себе кой какую-то цель и пробираться по ней. Все смертельно скучно, надоедливо и монотонно.

Как же меня бесит это толпа. Все эти взгляды, спешащие куда-то. Шаги и шушуканья по сети не дают мне сконцентрироваться на историю книги.

Значит, детектив должен осмотреть тело жертвы...

Думая о следующей главе, я дошёл до маленькой и скромно построенной, точнее стиснувшейся из-за огромных супермаркетов, редакции.

Зайдя внутрь, я не стоял в очереди и не ждал, пока меня позовут, никого кроме главного персонала тут и не было. Да и кому они нужны?

Зашел к редактору. Женщина с возрастом, сидевшая в этом скромном офисе, впечаталась в моей памяти со всем этим наполняющим окружение вещами, будто она тут родилась и жила всю жизнь. Я сел перед её старым шевелящим ножками рабочим столом. Ощущение такое, будто пришёл на заседание.

-Здравствуйте Маркус, – лже-улыбка, морщинисто и прыщаво зацвела своим отрадным ароматом передо мной.

-Здравствуйте Ксения Камбербет.

-Приятно вас видеть.

Да неужели?

-Но-о...

Она покатала головой на шее, как упавшая шина на песке, готовая вот-вот остановиться. Ещё эта гримаса и недо-губы... будто лайм проглотила.

- Но что?

- Дела идут не в гору, и они не из приятных. Честно Маркус, мне жаль, но-о... - голова снова завертелась.

-Ну вы же понимаете... продажи упали.

Я кивнул головой, так будто все понимаю. На самом деле я хотел закричать – Какого хуя стерва? Что ещё за проклятый пролог ты мне читаешь и но-о-каешь?! Зачем ты меня позвала?

-В последнее время дела идут невпроворот.

В последнее время? Я уже позабыл то время, когда это было иначе?

-Вы знаете, что мы любим принимать новые кадры, так же как вы были когда-то, - с какой-то странной праздничной манере сказал Ксения, словно это было одобрение, - теперь то самое время, пора дать шанс другим.

Каких мать твою другим? Да, я годы как не встречал живого писателя. Кто вообще сейчас пишет? Кто ещё настолько бездарный экстремал, как я?!

-Маркус, я понимаю... В наше время мало кто пишет, это трудное и не благодарное дельце.

Сука, для меня это не дельце. Открою тебе секрет, это искусство.

-Оно уже не пробуется спросом и его сколь бы прискорбно это не было, задавили другие виды развлекательных времяпрепровожденческих занятий. Но-о... - голова опять покатилась вокруг своей оси.

Это когда-нибудь прекратится?

-Шанс есть, да. Новые авторы...

-Авторы? – выскользнуло у меня с сильным недоверием.

-Новые писатели, о которых я сказала, да-а, они может иногда повторяются или используют некоторые излишние нескромности, но-о... - покатился круг.

Как говорится, повторение - мать учения. Да? Хочется уже что бы её толстая шея свернулась, при очередном но-о.

-Они талантливы Маркус. А твои книги... - на этот раз она покрутила голову без но-о, сжимая губы, будто глотает тот самый лайм, что застрял где-то между плеч. Омерзительное зрелище.

Разговор уже доходил до своего пункта назначения... то чего я боялся услышать больше всего.

-Они больше не продаются. Ты же это понимаешь. Никто больше не хочет продлевать контракты. И-и... уже через месяц закончатся последние денежные поступления.

Да лучше бы она сразу сказала – "Твою жизнь - ПРЕКРАТЯТ!". Ну что поделать, впрочем, я не был удивлён, уже давно предчувствуя такое развитие событий, нечего было ответить.

-Вы знаете, вам бы написать что-то более...

Ах да... да-да-да... Я знаю эту песенку, знаю все слова и все ноты. И обязательно более официально конечно.

-Что-то более позитивное... активное... такое чтобы легко читалось и воспринималось. Особенно воспринималось!

Я опустил глаза. Стол бледно блестел лакированным коричневым покрытие. В нем отожествлялся мир вокруг, в нем я видел себя наоборот. В нем все было правильно, особенно цвет.

Я хорошо знаю, что нужно ей – Ксении Камбербет, и подобным ей. Знаю, о какой аудитории она говорит, и что именно им нравится читать. Знаю эти самые виды авторов. Единственное, что хоть как-то продаётся и пользуется спросом в художественной литературе сейчас, это те короткие романы, по части более похожие на рассказы, мемуары о правильной жизни из обыденности какого-то невротика. Когда-то такие писания считались психо... хотя нет, тогда они совсем ничем не считались.

Ксения продолжала читать свою лекцию, но я её уже не слушал. Я знал эти слова наизусть, и знал подтекст каждой буквы. Суть в том, чтобы напичкать свою книгу – любовью, но простой, такой чтоб после прочтения аж чувств никаких не осталось, как секс на одну ночь с проституткой и желательно в пьяном состоянии. Но любовь — это лишь слово, романтики тут ни капли не надо, она как мотив, для того чтоб герои делали всю ересь что автор сумеет придумать и это все оправдается на убого современном моральном уровне. А именно самые извращённые извращения, предательства, расплаты, а главное – секс, необычный, с новыми экспериментами, что ни в какой камасутре не найти. Все это отдельно зажарить и добавить к основному ингредиенту, залить в него, а именно в горячее блюдо по имени- жестокость, это может быть насилие, расправа, убийство, что-то отчего захочется блевануть. А в следующем кадре те же герои будут целоваться, но, а мы будем читать это с одним закрытым глазом, ведь знаем, что они делали на предыдущей странице этими же ртами. И уж поверьте классическим минетом уже никого не удивишь. Тут нужно что-то похлеще. Добавляем какого-то маньяка антагониста, плюс сопливого героя добряка, делаем все это максимально коротко и печатаем с названием, не имеющим нечего общего с сюжетом, в большой штрих, и напоследок до фига рекламы, так чтоб все покрылось под толстый золотой слой. Нужна ещё некая изюминка, что разрушает полноту реалистичности и наполняет историю красивой выдумкой. Самое главное – сюжет должен быть максимально простым, понятным, по темам в тренде, с психологическими травмами главных героев в детстве, и главное, ГЛАВНОЕ! - с минимальной нагрузкой на мозг. Вуаля! Рецепт бестселлера готов. Ещё конечно есть вариант написать про успешный бизнес тренинг, который работает почти всегда, так же, как и рассказы для детей, с чем и инструкции излишни.

Когда я встал и вышел, я чётко осознавал, что никогда больше не вернусь сюда. И не жалел, что не высказал всей правды, своей правды - Ксении. Пусть так и живёт, в своём тесном офисе. Пошла она! И даже если я так думаю, вместо злости, меня больше переполняет наскучившее разочарование, как кровный брат живущий с тобой в одном доме.

До дома остановок больше трёх, но как пришёл, так и уйду - пешком. Во-первых, деньги уже мне нельзя было тратить зря. А во-вторых, эта встреча дала уйму вещей для раздумья, которые нужно разложить в голове по пути обратно.

Не всегда мы умеем сконцентрироваться и думать о том, что важно. Так и сейчас, мои мысли смешались, и я начал думать о совсем бессмысленных вещах.

Такое странное чувство, что вы живете не в настоящем мире. Или мир... он как иллюзия, как сон. В такие моменты, когда что-то поворачивается сверху на голову, невольно задумываешься о самом глубоком.

И все же... не то ли реально, что мы принимаем как реальность?! Значит ли это, что, представив, что я один на всей планете и искренно поверив в это, оно воплотится в реальность. Конечно же, лишь в моей реальности. Но мне чужая и не нужна. Не знаю, что более реально - реальность или то, что мы создаём в мире за занавесом реальности. Но знаю одно - я всегда думал, что не из этого мира. Он для меня не столь реален. А, возможно, я просто в шоке от того, что через месяц останусь без гроша и стану бомжом, вот и думаю об этой чуши. Вот что именно я не могу признать, как истинную реальность, потому что она грозит мне и, как смерч, что стоит недалеко, кидает в ступор. Ведь, как бы сильно я не закрывал глаза, она настигнет меня, стоит лишь моргнуть.

С каждым шагом, тьма росла, будто я спускался по ступеням в чащу мрака. И что дальше? Как будто мне дали приговор на скорую смерть, да и с точной датой. Рак души убьёт меня через месяц.

Я шёл, медленно не обращая ни на кого внимания. Раньше, когда на меня кто-то пристально смотрел, я настолько волновался, что готов был споткнуться, упасть, ударившись головой об ровный асфальт, умереть от сотрясения или потери крови... Но сейчас привык не обращать на людей внимания. Ведь как ни как я одиночка в этом мире. Не только отсутствием близких людей, но и взглядами на мир.

Словно все это огромная тупая шутка.

В конце концов, моя мечта не смогла осуществиться. Я не смог. Да, я... не смог. И от своего же выбора, мне придётся понести последствия. Смерть из-за голода, из-за нищеты, из-за упрямства, самонадеянности, наивности, детского нрава... из-за мечты быть писателем. Да-а... не так я представлял себе жизнь после возвышения на гору, а ведь все логично. Как только я встал, то есть, смог наконец дойти до вершины, и меня признали, я сделал шаг вперед и... скатился. Упал на дно, и теперь тону. Скоро меня захлебнёт и задушит вода на этом дне. А что мне остаётся? Как достать деньги? Может воровать?

Вдруг из горла взорвался комок смеха, вырвавшийся громко наружу. Я засмеялся в голос, сам не понимая от чего.

Успокоившись я пошёл дальше.

Да, это просто огромная шутка.

Но прямо сейчас, да и всю дорогу к дому я чувствую, как будто... за мной следят. То же самое и при пути в редакцию. Только теперь начал задумываться об этом всерьёз, так как чувство не пропало, а наоборот возросло. Нужно себя собрать и раздумать все без лишних мешающих мыслей. Кто может меня преследовать? Но ведь нигде некого не видно. Никого, кто ходит за мной.

Кто он? Маньяк, убийца, вор? Да нет, вряд ли. Я что похож на состоятельного человека? Между прочим, наряд писателей часто сравнивают с бомжовским. Осмотрев себя, я убедился, что сам служу примером подобной дилеммы. Что сейчас, конечно, хорошо, чтобы не привлекать внимания, но особо не радует.

Итак, что мне делать? Эти глаза смотрят мне вслед. Неприятно. Я это чувствую... он следит за мной. А может они?

Сейчас нужно что-то сделать! Стремительно и быстро. Пока не пойму, что я один, домой возвращаться нельзя. Он узнает моё место жительства и тогда мне точно конец. Здесь довольно людно и не думаю, что он сделает какой-то сильный ход на глазах стольких очевидцев. Сейчас он лишь наблюдает. Значит, если потеряет меня из виду, ничего не сможет сделать.

Я резко повернулся влево и, зайдя под маленький разрез двух небоскрёбов, побежал со всех ног. Свет отсутствовал, и я был совершенно один. Даже прохладность заметно почувствовал и звуки утихающей толпы за спиной.

Там, кажется, угол.

Зайдя за угол вправо, оперся на стену. Переводя дыхание и задыхаясь, посмотрел назад - туда, откуда пришёл.

Никого!

Но... куда же он тогда пошёл? Что он сделает сейчас?

Эй, а может у меня паранойя?!

Словно в ответ... чувство, что я не один и что пара глаз за мной прожигают меня, настигло мои рефлексы. Паника застегнула врасплох тревогу. Не оборачиваясь, сразу побежал обратно на людное место. Там я был в безопасности. По крайней мере в большем, чем в безлюдном и тёмном уголке, где туннель сужался. Это была ошибка. Я не должен был туда заходить. Но и долго думать не пришлось. Ведь дом уже близко, а продолжать путь, значит дать играть на руку падонку.

Выпрыгнул из адской темноты, шум толпы опять окутал меня. Из тёмного угла тянулись невидимые руки страха. Это место явно навело на меня ужас. Нужно быстро сделать ещё что-то, думал я, спокойно вжившись в толпу и не подавая волнения. Но на этот раз обдумаю все получше.

Спокойно шагая вдоль дороги, я резко повернулся и начал бежать по зебре, в тот же миг, когда зеленый свет светофора сменился оранжевым.

Белые скоростные машины только поступили в продажу, так что не у всех они были. Многие до сих пор ехали на обычных колесных. Хотя новый закон принуждал со следующего года всем обзавестись новым поколением передвигающихся устройств, к счастью для меня, в этот момент, закон ещё не действовал. Не было белых сверхскоростных машин, а ехали нормальные машины с нормальными водителями. Почему это хорошо для меня? Да у меня и машины нет.

Когда я уже был на половине пути, загорелся красный. Мне это наруку. Преследователь не побежит за мной на красном. Думаю, жизнь ему дорога, если учесть чудовищную скорость движения...

На этот раз я идеально среагировал. Впереди, на противоположной стороне улицы есть магазин одежды. Зайду в него и прослежу за дверью. Так я смогу понять, кто же мой таинственный преследователь. А если он все же не объявится или будет ждать у двери, я проберусь через чёрный ход. Когда я был еще мальчишкой, это была большая булочная, и моя мать работала тут, так что я помню все её ходы.

Но вечно, когда нам кажется, что все будет хорошо. Что мы все правильно запланировали... Вечно - все идёт наперекосяк.

У конца дороги, на шаг от тротуара, на меня наставились две огромные фары, светящие прямо в глаза. Яркий свет был более похож на чёрный дым, резко окутавший всю видимость. Приближался все ближе и ближе стремительной скоростью, а я словно пойманный в капкан подопытный мышонок полностью онемел от страха.

Он парализовал меня, и я испарился в искривляющем свете.

Машина врезалась в меня.

Дальше только тьма.

"Смерть следует за нами, кружит около нас, не покидая нас ни на одно мгновение; под её знаменем ежедневно овладевает нами сон."

Фернандо де Рохас

Секунда 3:

Цефеи́да[3]

Тёмная комната. Черные стены. Едкий запах гнили, раскатывающийся медленно вниз.

Крылья вспорхнулись и начали бить воздух. Взлёт.

Стены углубляются в неизведанную мглу. Дорога, по которой я лечу вперед, резко сужается.

Как я тут оказался? Куда направляюсь? Зачем?

Хватит притворяться слепым. Я буду лететь по своему пути, больше не страшась и не боясь.

Внезапно закрутился, приклеился и замер. Что-то поймало меня.

Я очутился в плену вязкой паутины.

Тень врага, под видом смерти, приближалась, спускаясь сверху. Его огромные лапы грозно сотрясали каждую нить, смерчем пронося трясение, доходившее и продолжавшее свой ужасающий такт в моем сердце. Я дрожу.

Ещё только несколько секунд назад, я мог порхать, даже с закрытыми глазами. Бесконечно порхать...

Единственное, что я хочу сейчас... это ещё один шанс.

Паук закрыл мир своим зловещим и омерзительным телом, погрузив меня в адскую тень. Но я больше не дрожал. Я понял... и я готов. Готов...

*****

Я открыл глаза от бешено сжигающих меня лучей солнца, которые проскальзывали сквозь открытые шторы.

Я лежал на диване, а вокруг был жуткий переполох.

-Оу... - простонал я, вставая и протирая глаза. – Я что, заснул прямо на месте преступления?!

-Ну да, – подошёл ко мне один из тех трёх, с кем я утром говорил. А именно Луи. – Значит, ты не врал про бессонную ночь.

-Конечно! – Поднимаясь на ноги, возмущённо ответил я.

-Куда ты теперь?

-Куда же ещё... Уже половина дня. Надо осмотреть тело. Ненавижу эту часть своей работы больше всего.

-Говоришь так, как будто другим оно нравится.

-Голова сейчас взорвётся... Ну ладно, не буду терять время. До встречи.

-Бывай. – Помахал мне Луи, и я убрался из этого провонявшегося дешёвым вином и кровью номера гостиницы.

Морг на несколько кварталов дальше отсюда, и я решил прогуляться. Заодно и проснусь, и оклемаюсь как следует. Прогулка тоже вид спорта как-никак... наверное.

Когда же я поймаю этого ублюдка и смогу нормально отдохнуть? Ни минуты покоя. Хотя странно думать о таком после того, как заснул на месте убийства.

Но все же, сегодня воскресенье и, как каждое воскресенье, я смогу отдохнуть от всего этого - в дружеском обществе. Да и Джулию увижу, это уже большой повод протерпеть весь день, пока не придёт вечер.

Сегодня опять так много людей на улице. Еле можно идти спокойно, не задирая других. В конце концов, штат наш довольно большой населением, но не территорией.

Мне это кажется или...?

Почему этот старик, идущий мне навстречу, уставился прямо на меня и даже факт того что я тоже смотрю в ответ, не напряг его и он не отвернул взгляд. Даже не пошевелил бровью. Мы пристально смотрим друг другу в глаза. Я замечаю каждую частичку его морщин и складки кожи под глазами. Это странно. Обычно ответный прямой взгляд кидает в растерянность и в неуклюжесть, и тогда тот, кто первым пялился перестаёт это делать. А он все смотрит, так будто... будто бы вокруг никого нет и весь мир исчез.

Какого черта?!

Решил меня подразнить? Я не уступлю, старикан. Чертов дернутый.

Мы прошли мимо друг друга, до самого конца не отрывая взглядов.

Что он от меня хотел? Псих какой-то. В столько-то лет тронуться умом уже не грех. Ему же было по меньшей мере за восемдесят.

А теперь... этот ребёнок. Девочка лет десяти. Держит руку матери и пристально наблюдает за мной. Да уж, любопытных людей с каждым днём все больше. А мамаша то совсем ещё зелёная. А, может, это её сестра?

Стоило мне взглянуть на неё, как она тоже начала пристально разглядывать меня. Мой взгляд от неуклюжести убежал, пройдя вперед, но... она все ещё прожигает мою спину. Я так и чувствую горящие фары на моей спине.

Какого?

Взглянув по сторонам, я понял, что все люди вокруг смотрят на меня. Идущие вбок и навстречу...

Все!

Я опустил взгляд и не сознательно шаги у меня стали шире и быстрее.

Мне кажется или...?

У меня что-то на лице, а может на одежде из-за чего я в середине внимания и все тайком смеются надо мной. А может это паранойя? Успокойся Маркус. Но все, же это чувство...

Они все... Все смотрят на меня, словно на другого.

Что? Что же, черт возьми, происходит?!

Хватит. Прекратите пялиться.

Хватит!

Опустив глаза на асфальт, закинув голову вниз и подхватив руками я начал ещё быстрее идти. Шаги ускорились, и я рванулся подальше от толпы. Но они...

Все они... продолжали сжигать меня взглядами со всех сторон.

Отчаяние наполнило меня и сумасшедший бег не переставал тянуть вперед из этой адской волны людей, что своими глазами прожигали все тело.

Кто-то... как будто гнался за мной.

Вздох...

Выдох...

Вздох...

Выдох...

Вздох...

Мысли наполнились чувством дежавю.

*****

Как бы сильно не трескалась голова напополам, не волновали странные ощущенья или обыденные проблемы, кишащие в мозгах... все это, замерзает и затвердевает, когда ты входишь в обитель апатии, в родительский дом смерти, на дачу дьявола... короче в морг. Тут всегда веет лишь невидимым туманом, что нельзя увидеть, можно лишь ощутить. Тут как в камере, как в закрытом холоде, где жизнь остановилась, а время подчиняется другим законам мировоззрения. Но есть во всем этом и плюс... оказавшись бок о бок со смертью в одном и том же запертом месте, ощущая его дыхание и присутствие, бессмысленности поиска вечного, ты начинаешь мыслить здраво, и вспоминаешь свой тёплый уголок, где сможешь потом вернуться и согреться. Для меня это наш столик, вечером в баре "White Seven", и люди что соберутся там. Скорее бы вечер.

Я пришёл сюда, чтобы узнать медицинский отсчёт медэксперта, которой уже много лет работала Сюна. Она была хороша в своём деле, но в последнее время, впервые за все время нашей совместной работы, она сильно исхудала, потеряла свою обворожительную позитивность и стала чуть нервной. Да, изменения точно были, но я не удивлялся и не упрекал её. Именно так же ощущал, и я себя, так же беспомощно и тщетно, ведь все последние трупы, жертвы Виновника не давали и шанса на раскрытие тайн и открытий, проливающих свет на расследование, так же как мои попытки найти улики и связи между преступлениями. Возможно ее причина та же, а может и нет.

Встреча наша, да и беседа, прошли скучно и под пеленой официальности, я не тянул резину, так, как и сам был не в духе и после получения официальных заключений от Сюны, я вышел из комнаты, где лежало холодное тело женщины, разрезанное двумя ровными слоями после медицинского вскрытия. В коридоре исказился пустым эхо звук хлопанья тяжёлой морозильной двери. Я шагал к выходу, где заметил стоящих в раздумьях двух моих знакомых.

-Вы меня опередили парни.

-Ну нечего, главное выспался? – спросил Антон.

-Да-а...

-Все равно тут ничего нового, - сказал Ли.

-Как обычно, в последнее время. – ответил я, - но... - хотел что-то добавить, но и сам не знал, что именно сказать.

-Не парься, мы что-нибудь придумаем.

-Да уж, и лучше б быстрее, пока ещё одна богатенькая деваха не стала жертвой этого маньяка.

-Кстати, - задумался вслух я, - а ведь последнюю жертву, что звали Марла Кендени, не была богата. Ну я имею ввиду, лично она. Деньги, на которые она себя ублажала были получены ей от правительства, при победе в суде, где-то... три месяца назад.

-Ты о том иске против компании СТИ? – нахмурился Ли.

-Да-а... и...

-Точно, а ведь изучая дело второй жертвы, Кара, Карла, Кари... - запнулся Антон. - как там её было, но не суть, значит она тоже была такой счастливицей. Она получила наследство от двоюродного дедушки из Британии, у которого не было достойного внука, так как все его бросили на старости лет, и он оставил свой замок на холме со всем имуществом будущей жертве Виновника. Так она и разбогатела, а было это даже меньше года назад, перед её смертью.

Я этого не знал. Это может оказаться просчётом. Чёртов дилетант. Как я это пропустил.

-А я помню третью жертву и то что её шикарная с виду жизнь была, мягко говоря не правдой. Вечерами она много времени проводила в одном из ресторанов своей одногруппницы, где собиралось много её друзей, и они веселились ночами, но с утра до следующего вечера она работала на двух работах и ещё не теряла свободного времени и при перерывах принимала фриланс заказы по фотошопу. Кажется, она была дизайнером по специальности.

-До сих пор я связывал и ломался над тем что все жертвы, одиночки, живущие без семьи и даже пар, и все богаты, но... - продумывал вслух я, - что, если они все, или нет, их связывало именно это. То, что все они были не настоящими богачками, я имею ввиду, что это была некая оболочка, а в жизни они не были из благих и богатых семей. Что если это некая общественная месть, на почве ревности или потребности, а может обиды.

-Эй Маркус, - остановил меня Ли.

-Да, рано ещё судить, может мы поймали цепочку, но надо все ещё раз проверить. – Перебил Антон.

-Да, да именно, поройся в архиве, - закончил Ли.

Я хотел многое сказать и ещё обсудить, но уже был готов умереть на месте, если потеряю ещё одну секунду вместо того, чтобы проверить свою теорию. Своё открытие!

Я согласился с колегами, попращался и вышел за главную дверь. Тёплый ветер снова ударил по лицу. Я закурил.

*****

-Это просто нелепо. Как можно, так долго рубиться в одну и ту же скучную игру?!

-Ты меня уже задолбал. Это наилучшая игра и точка. Твоё мнение - это пустой воздух по сравнению с популярностью "Assassin`s Creed".

-Неужели? Все равно ему никогда не сравниться с "Witcher"-ом.

Это Дэвид, а напротив него сидит Марк. У нас имена почти одинаковые. Он мой лучший друг и фанат "Assassins Creed". Сейчас он спорит с Дэвидом по поводу любимых игр. Кстати, такие споры не впервые у нас. В круге сидит ещё Сид и самый младший Артур.

-Да хватит вам. Вы оба правы, обе эти игры ничто по сравнению с "Devil May Cry". – Взбесил двух спорящих Сид и теперь они напали на него.

-Чего-о?

-Да он прошлый век, чувак. Забудь о нем.

Мы сидели в баре, куда каждое воскресенье приходили все вместе и болтали, спорили, напивались, делали разные странные вещи и просто наслаждались обществом друг друга. Пятеро друзей и никто никогда не пропускал эту встречу. Сид заурядный, энергичный человек, вечно державшийся на неком плавном балансе позитива и развлечений. Артур чуть скованный, но местами (больше всего, когда напьётся, под конец дня) энергия бьёт и ушей, и он может болтать без умолку часами, доводя всех нас. А так он спокойный и внимательный друг. Ну а Марк, про него мне много что можно сказать и в то же время могу коротко - он моя противоположность, подобно душе и разуму в теле. Мы часто решаем наши личные проблемы с помощью совета или поддержки друг друга.

-Эй, Маркус! Скажи и ты что-нибудь, а то так и заснёшь. Видок у тебя как у трупа. –Обратился ко мне Сид.

-О трупах мне лучше не напоминай.

-Что, ничего так и не нашёл в теле? – Спросил Артур, когда остальная троица продолжала свой игральный спор.

-Ни-че-гоженьки. Это просто невыносимо. Да и что я там должен был найти? Бриллианты?!

-Что? Были бриллианты?

-Бриллиантов не было, ... А-а? – Я удивился голосу. Он был не из круга друзей.

Обернувшись, я увидел Джулию.

-Не слишком опоздала?! - Улыбнулась она мне в ответ сногсшибательно мило, как всегда и бросилась в мои объятия. Её тёмные и длинные волосы облегали диван, зарядившись радужной гаммой цветом бара.

-Как ты? - Спросила Джулия, присев ко мне рядом.

-Ну, раз ты здесь... - я просто сверкал. Это не удивительно ведь лишь её присутствие хватит, чтобы я был самым счастливым человеком в мире. – То уже на много лучше.

-Как дела в расследовании?

-Н-н-н... Лучше давай не об этом. Не будем портить вечер. Я именно для этого и прихожу сюда, чтобы забыть обо всём. Ну, а у тебя?

-У меня же нет серийных убийц. У меня цветы и покупатели, так что все отлично! Если разве что насекомые вредные... – Джулия обвела всех взглядом. - Они что, опять спорят об играх?

-Ну да, - устало кивнул я. – И что интересного в этих играх?! Я так и не пойму. По мне, простые ребусы на последней странице газеты куда интереснее.

-Ну, ты же ботаник.

-Не льсти мне, - улыбаясь, смотря в потолок и вспоминая прошлое, сказал я. – Ты же знаешь, что последние годы в школе я был двоечником, а потом отец помог мне своими связями поступить на работу репортёра...

-Да... я знаю эту историю. Ты рассказывал её, ещё когда мы не встречались. Дальше ты скажешь, что тебе просто повезло.

-А что ещё сказать то, ведь, мне просто случайно попалась ценная информация. И я разгадал убийцу.

-Легко и быстро! – саркастично продолжала она.

-Ну... да. И потом начал углубляться в профессию, в чём сейчас имею право называть себя ассом.

-Ну ладно, ладно... ты крут. Но, видишь ли, везения нет. Сколько тебе повторять. Ты разгадал сложную загадку простым мышлением. Ты был рождён для этой работы, просто до этого не знал об этом. Без твоих умений, везение лишь бессмысленное дополнение, а так это стало ключевым элементом.

-Я... не хочу опять об этом спорить. Это так же бессмысленно, как вот их спор. Да ты только глянь на них - они как индейцы, готовые уже раскрошить друг друга из-за своих предпочтений нажать на пару кнопок на потном джойстике. По сути они делают тоже самое, подчиняются программе, написанной для управления ими же, их сбережениями, временем, и... - я помотал головой в насмешке, - а они то думают, что сами управляют игрой.

-Вообще-то я тоже люблю иногда поиграть на телефоне.

-Я не осуждаю. Совсем нет. Мы все играем. И я. – Я запнулся, в мыслях пробежало продолжение "В детектива. В раскрытие тайн. В теории. Загадки." Но вслух я это не произнёс, в конце концов это приносит им удовольствие, так что можно заключить даже фразой "Цель оправдывает средства".

Джулия явно поймала меня на неуверенном стопе и смотрела на меня с неким вопросительным взглядом, но не получив ответного отклика, развернулась к спору парней. Я ей благодарен, что она не роется глубже и не пытается расспросить о моем деле и самочувствии. Сейчас я совсем не хочу обсуждать нечего связанного с собой, а именно работу, влияющую на меня и мою личную жизнь.

-Эй, Артур, а ты че молчишь... - обратился Марк в поддержку спора. - Поддержи меня, ты же самый молодой. Значит должен знать о новостях из интернета, и конечно, что последняя часть "Assassins" рулит.

-Ну... вообще-то я не любитель современных игр.

-Что?! – Зависла тройка разбушевавшихся игроманов.

-Мне больше по душе классический Марио и консоли типа него.

Пять ртов остались открытыми от сказанного. А через миг, словно тишь перед бурей разревелся искренний и добрый смех из круга стола на весь бар.

-Чувак, ну ты и умора... На дворе 2019 год, а ты... - и слова уплыли в насмешке.

После этого к нам обратился парень в чёрном. Один из охранников, чтобы мы были хоть немного сдержаннее. Но постоянным клиентам все можно, да и этот бар принадлежал моему однокласснику, с которым у меня были хорошие отношения. Наверняка, новый работник, еще не знающий нас в лицо. Ещё успеет к нам привыкнуть. Бедняжка. Так что, проигнорировав здоровяка, мы продолжили в таком же веселом и не принужденном темпе веселиться всю ночь.

Джулия сияла. За весь день я не отпускал её из объятий. С ней я чувствую себя полноценным. Её тепло... её даже хватает, чтобы подавить и забыть сегодняшнее безумие.

Нечто странное что произошло со мной утром казалось лишь иллюзией, сном, бредом. Бессонница становится обыкновенным феноменом и тело и разум превращаются в сгусток непонятной смеси, при ходе которой и самые бредовые ситуации кажутся обыкновенными. Я понимал, что сплю достаточно, но не получаю никакой доли энергии и успокоения. Скорее всего от сна я ещё больше уставал. Я забыл, что такое уверенность в себе и здравый смысл. Уже не мало времени как я привык к таким приступам безумия со стороны моей головы. Я мечтал выспаться. Но во сне... все продолжалось.

Вернулся я домой где-то в пол третьего ночи. И сразу упал, как бревно, на неоткрытую кровать. Всю дорогу из головы не выходила та безумная и песочная теория о лже-богатых жертвах. Я пытался найти там логику и связь, докопаться до деталей и того что мог упустить. Понять уровень её правдоподобности и посчитать вероятность случайного исхода. В конечном счёте, все чтобы добиться мотива.

"Бред какой-то".

Я заснул.

Жизнь закончилась.

Жизнь началась.

*****

Паук стоял предо мной и был готов к пиру. Я ощущал запах из его могильной звериной пасти.

Большие непонятные существа появились из неоткуда и все полетело к чёрту в секундном хаосе. Нити прорвались на части, и свобода снова начала возвращаться. Обескураженный враг начал безвольно крутиться и сам перемотался в свою же ловушку. Он упал вниз, будто огромный камень, обмотанный бархатными и сверкающими нитками вокруг.

Через силу я запорхнул крыльями, и помчался вон из этого взрывающегося мирка, под натиском чудовищных человеческих пальцев.

Одно крыло болело, сопротивляясь и мешая полёту. Впереди стены снова ссужались. Темнота настигала с каждым сантиметром углубления.

Мгла захлопнулась. Я снова беспомощен. Это конец.

Но...

Нет. Я способен. Способен, ведь у меня все ещё есть крылья. Я могу лететь. Хоть и через силу, но я смогу...

Наверху показался малюсенький и мигающий огонёк света.

Я устремился на него, разрезая воздух на пути в небо. Он утихал и стеснительно подмигивал. Он уже слишком маленький. Но я успею!

Я не сдамся. Я лечу к нему! Я достану до него. Свет! Мой свет!

Ударился об что-то железно твёрдое и невидимое. Меня отбросило назад с оглушающей мощью. Всепоглощающий червь помчался под кожей внутрь. В нос поступил запах разъедающийся от сгорания гнили, а голова в трауре лишь наблюдала за миганием белого огонька, что становился все меньше и меньше. Я падал, отпуская в небо части тела, медленно сгорающие от жара и дымящих внутренностей. Я становился все меньше и меньше, как тот свет. Я исчезал и пылился, разлагаясь как падающий комок дряхлой земли.

Свет исчез во мраке.

"Не забудьте погасить мир перед сном."
Макс Фрай "Энциклопедия Мифов"

Секунда 4:

Аффилиа́ция[4]

Отчаяние. Разрушенные надежды. Мечты, что уже никогда не приподнимут головы из своих панцирей. Цветы в душах, что теперь похожи на облитые жидкой смолой поля. Мир в темно-зелёном вперемешку с коричневым. Запах гнили. Отсутствие света и жизни.

Вот каким стал мир за один день. В день, когда все человечество узнало о скором конце света. Неизбежный факт, что окутал весь земной шар и погрузит в вечную темноту смерти. Гармония страха и пустоты парили везде. Люди были похожи на набитые пустым воздухом мешки, что с каждым движением слабеют все больше и больше. Их шаги, движения, взгляды, разговоры и мысли... все было тусклым, безжизненным, туманным и... примирённым смертью.

Конец настал и этого никак не избежать.

Я карабкался на полу разбитого, бетонного магазина дабы найти хоть что-то оставшееся от всей украденной еды. Хотя бы одни консервы. Серо-коричневые стены этого места полностью сочетались с цветами всего окружающего мира. И даже я... был как хамелеон в этой прогнившей и гниющей среде. Казалось кто-то обделался на весь наш мир и разукрасил все в коричневое. Мир теперь только такой и никак иначе. Я и сам был уже на пределе и физическом, и моральном. Нечего не изменить и никак не спастись. Это понимали все, и дети, и старики-да-старухи.

Отчаяние съело всех изнутри и зарылось глубоко в душу.

Я ничего не нашёл съедобного. Сколько же было тут голодно рыскающих еду людей до меня?! Конечно же, они не идиоты оставлять что-то для другого. Я слишком наивен, полагая найти еду в таком открытом месте.

В голове грызется мысль: " А зачем? "

Не могу сказать, что я не сдаюсь, что решил не сдаваться до конца. Самоуважение – самообман. Мужество, воля, сила и надежда - все это лишь иллюзия. Реальность лишь в том, что у меня просто нет сил умереть. Я слишком большой трус, чтобы принять смерть и буду вечно карабкаться за нитки жизни, мучаясь и задыхаясь. Я всего лишь слабак, у которого нет даже воли сдаться. Это слишком непросто – давать течению нести себя до того момента, пока волна не захлебнёт тебя изнутри и твои лёгкие наполняться солёной водой, смешанной с кровью. Многие убедили себя, что, если они до сих пор живы, значит они сильные, не сдающиеся. Они храбрецы, что не бояться встретить смерть лицом к лицу. На самом же деле мы все лишь дрожим и ждём, когда закончится наша доля кислорода, как у космонавтов, затерянных в глубине космоса, и тогда смерть окутает нас взмыв в пучину тьмы. Только у самых сильных хватило сил окончить свою жизнь и не дать никому и ничему забрать их против собственной воли. Лишь они были теми, чьи судьбы решали не обстоятельства, а они сами. Лишь они... достойны похвалы.

Я шагал по полям, затухшим бездной тьмы, в поисках... Ответ даже на это остался где-то потерян.

Вчера, солнце нагревало весь мир, не подозревающий о сегодняшнем. Но я ни разу даже не взглянул на небо и на последний - восход, закат, радугу, игру облаков. А сегодня я все время смотрю туда, где уже никогда не искривляться ни один луч или отблеск света. Внутри ощущается отражение этой темной бездны, что как густая лужа смазана в небе. Небо, которое уже никогда не будет как раньше. Вчера никогда уже не наступит.

Я дошёл до обрыва и, посмотрев вниз, увидел глубокий каньон, что тянулся вглубь и конец скрывался под тяжестью темноты. Именно здесь... можно все закончить.

И опять я пошёл обратно. Бесконечное скитание без воли в ожидании конца. Пожалуй, смерть кролика, пойманного в угол и разгромлённого на куски клыками, пока разум того ещё бодрствует, была бы лучше.

Я заметил силуэт человека где-то на чуть превышенном обрыве. Странно, этого я не замечал раньше, при первом прохождении тут.

Приближаясь, я уже видел его с нескольких метров чётко и ясно. Я стоял позади. Он меня не замечал. Он вообще ничего не замечал. Весь мир, казалось, не существовал для него. Смирный вид, опущенная голова, будто шея у него была сломана, и его умиротворённая аура лучилась вокруг тела.

Перед ним, под ногами, в виде креста были вкопаны две палки, на которых виднелись засохшие следы крови. Это могила.

Из-под носа парня чьё лицо не было видно, стекали капли. Медленно. В промежутке нескольких секунд, словно стрелкой часов. Капля за каплей падали на землю.

Как же долго он продолжает стоять тут и плакать?

Только, когда я начал шагать вперед, заметил его руки, что, словно засохшие ветки столетних деревьев, скорчились и по ним рассекается в тёмном оттенке алая и густая кровь.

Я отвернулся и ушёл. Не могу больше на это смотреть.

Вернулся в город, который уже не существовал. За одну ночь люди успели истерикой паники перед смертью искривить в хаос все то, что создавали веками. Обломки, кусочки, разбитый вдребезги мир напоминал, кто мы на самом деле. Животные, такие же обыкновенные, как все имеющиеся виды. Готовые на все лишь бы спастись. Лишь бы жить. А когда надежды больше нет. Оп! И все! Она умерла. Тогда уже все те оковы и человеческие держатели, что прикрывали безумие и хаос в душах людей срываются. Когда нет никакого смысла и ничто, что заставит тебя сделать так или иначе в чём ты был уверен ранее. Человека одолевает отчаянье, в виде всемогущества и всесилия. Границ не существует, потому что, все то, почему он жил раньше - теперь бессмысленно. Спасения нет. И в этот момент сама планета боится муравьёв, которых сама и создала.

Единственная победа над смертью - это смерть. А значит...

Победы не существует.

Это парадокс жизни. Такая же, как и причина смерти – жизнь.

Я сам тому пример. Человек, который ещё вчера тянулся вверх за своими мечтами, целями и всем тем, за что считал достойным, чтобы продолжать бороться - прогнил и потух до основания. Что же такое смерть, если именно не это. Кому нужна оболочка, когда душа уже превратилась в туман. Я лишь пустая банка, которая падает с высоты. Конец неизбежен.

Надо мной возвышался огромный и длинный небоскрёб. Целенький и почти не прогнувшийся. Я поднял взор на его величественную натуру.

Бесшумный взрыв. Огромная круглая звезда из обломков и огня, словно нечто невероятное разгорелось надо мной. Я удивился лишь самому себе и своим глазам, которые даже не вздрогнули. Я стоял под сумасшедшим ливнем хаоса, что летел на меня огромным увеличивающимся облаком. Словно падение звёзд. Взрыв и раскат горящих обломков. Несколько этажей на вершине за долю секунды исчезли и окутали небо своим воплем и криком, искривлящим воздух. Оранжевое пламя чёрной дырой окутало небо над ним и молнии её полетели вниз. Огромные куски, разрывающиеся на части по пути к бездне, закрыли меня тенью, что становилась все темнее и гуще.

Зачем?

Я хотел лишь узнать, зачем? За что мне бороться и продолжать бежать от смерти. Это мой шанс стоять тут и быть раздавленным грудой обломков, что волной несётся на меня. Это судьба.

Небо падало.

Окаменелые ноги за один миг покатились в автоматном механизме тела, и я начал бежать со всей силы. Будто бы глаза были перевязаны, и я ни что не видел. Лишь бежал. Снова.

Зачем?

Наверное, именно из-за того, что я не имел ответа на единственный вопрос, оставшийся как пепел в душе, где царил дымящийся туман.

Так в чём же... этот смысл?

Смысл жизни.

Я обошёл все варианты. Все... по несколько раз каждый. Все...

Но терял ответ. Терял при каждой остановке этого сумасшедшего и унылого автобуса под названием жизнь.

Хоть сгорит весь мир, все живое и неодушевлённое, все что когда-либо было и не было. Все это ничто по сравнению с этой жаждой. Ради ответа на единственный вопрос. Зачем? Почему?.. Смысл?

Смысла нет даже в том, чтобы поверить в его не существование. Это бессмысленная бессмыслица. Даже это не ответ.

Может быть... вопрос и есть ответ. Может ответ лишь в том, чтобы просто его искать - бесконечно, до самой смерти. Может там он есть? А может и нет. Может и смерти нет, как и смысла искать смысл.

А в это время, когда за спиной земля содрогалась от тяжести обрушивающегося небоскрёба, кто-то внутри неистово кричал:

-Трус!

*****

Везде так темно, что я не могу разглядеть своих рук. Ни звука. Лишь вокруг всего мрака бегают разноцветные пятна, линии... Будто зависший телевизор.

Лишь это...

Вздох...

Выдох...

Вздох...

Выдох...

На моё ухо кто-то спокойно и медленно дышит.

Вздох...

Выдох...

Вздох...

Выдох...

Кто это?

Начинает светлеть. Что это?! Свет уже проходит через меня. Он везде. Я сам уже его часть. Будто растворяюсь в нем. Я стираюсь. Руки ссыпаются, словно белый песок ...

И тут...

Открыв глаза, бешено встаю и вижу белую комнату с какими-то незнакомыми штуками, прикреплёнными к ладоням.

Это медицинские новые инструменты. Да и вправду - я же в больнице.

Какого черта я тут делаю?!

Голова ломится. Будто перед тем как проснуться, я был ещё где-то. Наверняка опять чёртовы сны.

-Эй... есть там кто-нибудь. – Закричал я.

Через минуту ко мне подошла медсестра, и я потребовал видеть главного доктора. Так как, расспрашивая её о своём положении и деталях, она лишь успокаивала меня и не дала нормальных ответов. За дверью начался какой-то шумный переполох.

Зашёл мужчина лет, наверное, почти пятидесяти с лысиной и в блистающем от белизны халате.

-Да! Чем могу помочь, молодой человек.

-Объясните мне, как я сюда попал.

-Вас привёз мужчина, под машину которого вы попали. Правильнее говоря - чуть не попали. Вас легонько ударило. Он сказал, чтобы о вас позаботились и что у него неотложные дела, после чего отлучился.

Ни фига себе. Попасть под машину?! Я конечно всегда пытался пробовать все в жизни, чтобы узнать, что действительно моё, но вот это состояние совсем не хотелось переживать.

Но все же, я жив. Хотя это, особо не радует, почему-то. Когда это я успел стать таким крутым, что даже смерти не боюсь?

-И когда я могу уйти?

-Хоть сейчас.

-Что?!

-Главное, что вы проснулись. У вас был всего лишь шок. На вас ни царапинки, слава Богу. Так что как только почувствуйте себя хорошо, можете уходить. Знаете ли, шумные больные нам не в радость. – Его взгляд сверлил меня злорадной отравой пойманной им моментом, - Только не забудьте перед уходом оставить данные в анкете.

-Понятно. Я ухожу.

Я встал и начал одеваться. После заполнения бумажки, принесённой медсестрой, поспешил на выход.

-Ну а вы точно меня не помните? – окликнул доктор.

Я был уже в коридоре, остановился, медленно сделал два шага назад и снова посмотрел во внутрь палаты:

-Чего?

-Ну-у... Вы мой давний пациент. Хотя я не удивляюсь, что вы меня не узнали.

Я ничего не ответил. Лишь смотрел на него молча.

О чём это он? Что вообще творится? Сейчас я помню произошедшее вчера. За мной следили, и я угодил под машину. Я вспомнил это, когда лысый об этом упомянул.

Но его? Нет. Я его точно не знаю и раньше не видел.

Голова расшаталась. В разуме помутнело. В одно мгновение я увидел себя со стороны. Стоящий один, в огромном здании и никого больше. Ни души. Ни звука.

-Простите, доктор. Мне пора. – Быстрыми шагами я удалился, проходя мимо больных и их близких, врачей и медсестёр. Вышел из больницы.

Это место... оно словно душило изнутри. Ненавижу больницы, хоть и впервые об этом подумал. Интересно же, а в детстве обожал попадать сюда как пациент. Ведь все внимание и ласка мира были тогда моими. Мне приносили сладости и все то, о чём скажу. Со мной говорили с осторожностью и главное на тумбочке всегда был натуральный сок, в детстве я обожал соки, особенно натуральные.

Я сидел на остановке и ждал автобуса, чтобы поскорее вернуться домой. В таком виде мне пешком не добраться. Да и больница от дома довольно далека, а денег на такси не хочется тратить. На завтрашний хлеб еле хватит. Пока послезавтра смогу из счета снять ещё оставшиеся копейки - в последний раз.

Не знаю, что тут творится... но мне все это противно. Это как сон. Уж лучше быстро вернуться домой. Стой-ка! Сон... а причём тут он? Сон...

Сон...

Автобус остановился прямо передо мной. Дождался наконец. Почти час ожидания. Совсем неудивительно, ведь даже нормальных машин скоро не останется. Мне можно сказать крупно повезло.

Я зашёл. В автобусе было совсем пусто. Хотя нет. Минутку. На последнем ряду спал какой-то бездомный, откинув голову.

-... конец. – Что-то бормотал шофёр (худой старик с потёртой кепкой на голове).

-Извините, что?

-Говорю конец. Всему пришёл конец с этим развитием.

-Да уж. – Я тихо согласился и присел рядом с ним, возле двери.

-Вот сегодня всего восемь пассажиров было. А вот тот... – он посмотрел назад, на бездомного, – с него денег не беру. Я понимающий человек, знаю, как может не повести в жизни... Через несколько месяцев вокруг будут только эти белые маленькие консервные банки. Ни машин, ни автобусов, ни такси... Жизнь изменится.

Закончил он с долькой грусти в голосе, так что я решил что-то добавить для приличия.

-Ну-у... по крайней мере нам не привыкать. Перемены уже давно стали постоянны, будто без них уже будет не привычно. Вот это уже точно будет большой переменой.

-Да-а... - натянуто ответил старик, не отводя засохший взгляд с дороги.

То ли от общения, то ли от счастья быть живым после аварии, придя домой я страстно захотел дополнить историю детектива Маркуса одной счастливой и весёлой главой.

Итак, не буду терять времени - решил я, открывая дверь и включая свет. Быстро разделся для того, чтобы сразу после творческого дела в своей кровати, заснуть. У меня так часто случалось - слишком уставал от писания и невольно засыпал сразу после окончания главы. Но золотой закон – сон, только после окончания дела.

Я лёг. Дома было не особо холодно, но все же я хорошо закутал себя в одеяло, взял принадлежности и на секунду остановившись и собравшись с мыслями, сразу начался писать.

<<Тот день, наверное, самое светлое воспоминание в моей памяти, после которого все продолжение уже более ярче и светлее, чем до этой светящейся точки.

Это случилось пять лет назад.

-Эй, девушка!

-Да?!

-Нам ещё три бутылки пива.

-Конечно.

-А не многовато ли? Да и Сид ещё не пришёл. – Упрыгнул Марка я.

-Да нет. Придёт и ещё по две бутылки каждому возьмём.

-Да, ты псих.

-Сегодня я хочу вдоволь развлечься, и, кстати, как тебе эта официантка. Весьма ничего да.

-Ну, для такого как ты - она супер.

-Ты это к чему клонишь?

-Да ни к чему, ни к чему. Хм...

-Эй! Че за ухмылка?!

Мы сидели в баре "White Seven", в том самом, который уже становился для нас постоянным. Было почти девять часов вечера. За столом были – я, Марк и Дэвид. Мы ждали нашего последнего друга - Сида.

Мы разговаривали, или вернее сказать, как всегда спорили. На этот раз о сериалах.

-Да он везде на первом месте. Весь мир замирает после каждой новой серии. – Загорелся ещё жарче я.

-А ты вечно держишься за то, что популярно. – Не отставал Дэвид. - Я-то своим вкусам не изменяю. Твой любимчик стал популярным лишь из-за того, что режет направо и налево главных героев. За весь сериал почти все любимые персонажи рано или поздно делают предательские поступки. И в этом вся драма?

-Марк! Скажи этому мудаку, что "Игра престолов" на первом месте.

-Ничего подобного. Хотя он первый в рейтинге, все же лучше "Побега" нет. – Не оправдал моих надежд Марк.

-Похоже, среди нас нет никого, кто согласен с другим или хотя бы согласится на компромисс. – Сделал наблюдение я.

-Все равно для меня "Lost" лучший. – Опять настаивал на своём Дэвид. – А твой главный герой гей!

-Да будь он хоть пуделем, все это не важно - для фильма. Думаешь все актёры, режиссёры, продюсеры и так далее - суперлюди. Ни хрена! Многие из них могут оказаться ничуть ни лучше мусора. Но когда они вместе, и они создают фильм, все это уже совсем не важно. Это блин, искусство, ведь понимаешь?! – Не сдавался Марк.

-И все же личности создателей очень влияют на их созданные образы или произведения. Например, как писатель добавляет свои элементы из жизни или личного характера в книгу. Если ты чего-то не испытал, как ты сыграешь или снимешь правильно?! - Озвучил себя я.

-Это вообще не к месту, Маркус. И вообще ты сменил тему, тут мы не о книгах говорим.

-Но фильмы и книги как родные кровные братья.

-Да, но... Ты говоришь, так как будто сам написал книгу.

-Нет конечно, я... нет... ну если только... - глаза застыли на пепельнице, где сгнивали дюжины трупов окурок, погребённые под собственным пеплом.

Тут нам помешали два новых гостя. Один, как мы и ждали, был Сид и ещё с ним молодой парнишка. Я решил, что это его сводный брат, ведь родных братьев у него не было.

-Черт! Вечные пробки. Опоздал.

-Хватит эти байки. Каждый раз пробки не прокатят. Придумай что-то новое, чтобы скрыть свои пикап мастер-классы.

Сид был ловеласом, мы все это знали. Хотя он сам это всеми силами отрицал и хотел скрыть. Но от лучших друзей сложно что-то затаить. Они присели.

-Это мой друг и коллега по работе. Знакомьтесь, Артур.

Мы все дружелюбно поприветствовали Артура и с первой же минуты почувствовали в нем родную душу. Бывает же такое. Странно даже.

Сам удивляюсь, откуда я нашёл так много отличных друзей. Да и работа мне приносит удовольствие. В такие моменты чувствуешь себя мультимиллионером.

-Представляю тебе наш клуб любителей. – Приоткрыв руки театрально сказал Сид.

-Любителей чего? – заинтересовался Артур.

-Ничего или всего сразу. Мы каждое воскресенье собираемся и обсуждаем конкретную тему. Решили себя как-то назвать, но не смогли принять решение, как именно, вернее говоря, не нашли компромисс и назвали просто "клуб любителей". Итак, какая сегодня тема?

-Сериалы. - Ответил я.

-И так Артур, смотри... это наш Маркус. Он детектив и бла-бла-бла. – Сид начал представлять нас своему другу, подшучивая. – Он - не ординальная личность. Он... порой зануда. Порой даже очень.

-Как это ты решил меня представить?

-Да, и он, интересный хороший друг, наверное.

-Эй!.. – сдавшись, я помотал головой.

День проходил как обычно. Весело и приятно, не принудительно и успокаивающе. Сид продолжил свою экскурсию по кругу.

-Вот это Марк. Марк и Маркус! Если ты не веришь в судьбу про лучших друзей, даже с одинаковыми именами... почти. То вот тебе доказательство. Затем у нас по кругу. Ого, и кто же тут у нас.

Это-о-о-о-о Дэвид! Серьёзный и накаченный парень. Ну и я конечно. Меня больше интересуют мини-сериалы про средневековые времена. Но по большей мере я застыл на "Викингах".

-А че так коротко обо мне? – сказал Дэвид.

-Ты уже все уши прожужжал бедному парню. А его мнение не хочешь спросить. - Сказал Марк.

-Да! Нам всем интересно, каковы твои вкусы? – Поддержал я.

-Ну-у... я больше люблю ужастики.

-Ага... и какой именно твой любимый? – Ещё больше заинтересовался Сид и вытаращил на него свои огромные глаза, как маньяк.

-Э-э... "Ходячие мертвецы".

-Это было смело.

-Да, ведь он скатился пониже плинтуса. Короче дно.

-А я думал, что самый большой человек, что может быть не в теме это Маркус, - подшутил Сид.

-Да, что вы привязались ко мне?! – подхватился я.

-Эй, а что? – наконец ответил всем Артур. - Да вы понятия не имеете, насколько оно... – и его покатило по тому же руслу, которое и несло нас всех.

Артур очень быстро влился в нашу компанию, и вскоре стал полноценным участником "клуба любителей" и нашим другом.

С этого воскресенья нас стало пять братьев. И это не все. День ещё имел большие планы и сюрпризы.

...

Прошло уже больше двух часов и должен признаться - мы все были довольно пьяны. Сдержанность и колебание со стороны Артура испарились, как туман. Теперь мы все пили, орали, смеялись, конечно же, шутили. Даже плясали, подкалывая друг друга. Мир был наш! И почему только человек начинает понимать это, только после нескольких бутылок? Тема сериалов, запланированная при встрече, как всегда и бывало, расплылась во времени. Разговор шел то в одну сторону, то в другую.

-Эй... Маркус, гляди-ка...

-А-а...

Я посмотрел назад, куда показывал мне похотливым взглядом Марк.

-Та ещё штучка, да?

-Не уверен, что эту... хм-хм... можно назвать штучкой.

-Э...? – нахмурил брови, - за ней, идиот. За ней глянь!

-А, черт!

Машинально подкрутив голову, я заметил обаятельную брюнетку с длинными волосами, стройным и упругим телом, сидящей за стойкой и говорящей с какой-то толстой девушкой... Или женщиной... Бабой... старухой? Не важно. Моё внимание, на удивление полностью осталось там – на первой, даже когда я отвернулся и невозмутимо ответил Марку.

-Ну и че? Обычная девушка.

Он сделал такое возмущённое лицо, будто не верил ушам.

-Эй, парни! Эй... - Оставив свои разговоры, все обернулись. – Видите ту красотку?!

Толпа пьяных и чуть возбуждённых самцов кинули свои голодные взгляды на девушку.

-Ну да! – Почти хором ответили все.

-Маркус говорит, что она не красивая!

Возмущения пошли со всех сторон. Все кинулись на меня.

-Эй, стоп! Я такого не говорил. Я просто сказал, что она простая девушка.

Ещё больше обвинений пошли в мою сторону. Сид грозился швырнуть на меня пустую бутылку пива, тряся её как макака, над головой.

-Ладно-ладно... - позвал всех Марк. – Тогда если она такая простая и ничем не супер, для тебя будет раз плюнуть подцепить её?

-Че? Ты думаешь, я в реале куплюсь на твои провокации. Ты знаешь, у меня разговоры с девушками не клеятся.

-Ну, ты сам сказал, что она простая девушка. Ты и сам простой парень. И для того, чтобы закадрить с простой, ничем не выделяющейся девушкой, твоих навыков вполне достаточно. Ха! Да это даже легче лёгкого для такого высокомерного парня, как ты.

-Что? Высокомерного? Ты назвал меня высокомерным? Ладно! Если ты так этого хочешь... Я сделаю это, лишь для того, чтобы ты потом извинился.

-Извинился? И все?

-В присутствие всех наших парней и искренно!

-Ты знаешь, что это больше смахивает на унижение, чем простое извинение? Садист чёртов!

-Вот этого... - вставая, - я и добиваюсь! - резко зашагал к барному столику!

Ого-о, давай, яху-у... - и подобные звуки доносились сзади меня, пока я шёл уверенно и задумывался о стратегии.

Отлично! Сзади группа поддержки или правильнее сказать задержки, а впереди красивая девушка, с которой я должен заговорить, не имея не малейшего этакого опыта. Плюс ко всему эта её подружка, или кто она там, сидела рядом и не уставно болтала с ней. Почему, черт возьми, всегда должна быть эта подруга-мешалка?!

Ну уж ладно, что-нибудь придумаю. Как говорится, попытка не пытка. Хотя, как знать.

...

Прошло где-то пятнадцать - дватцать пять минут. Все это время парни пристально наблюдали за мной и в то же время говорили о своём. И в один миг Сид заметил...

-Эй...

После догадался Марк и закричал:

-Да вы гляньте! – Все посмотрели на барную стойку, – Они удрали!

-Когда эт...

Зазвенел чей-то телефон!

Марк растерянно разыскал мобильник из кучи бутылок и чипсов и включил:

-Вы уже заметили?

-Где ты?

-Мы на улице...

-Вы? Так значит?

-Сегодня меня не ждите. Все. Отбой. – И я положил трубку.

Марк завис удивлённым взглядом, все ещё держа телефон в руках. Медленно поднял взгляд на парней с приоткрытым ртом. Сид и Артур огляделись друг на друга и вместе взорвались злорадным лошадиным хохотом.

Марк проиграл.>>

"Мы сотканы из ткани наших снов. "
Уильям Шекспир

Секунда 5:
Сема́нтика[5]

Небо болело красно-гороховым рассветом. Лучи ещё не выстроились и не затвердели и облака как продырявленный лист бумаги пламенем закатили все вокруг. Это было красиво, и ещё как-то мрачновато.

Я пустил дым из лёгких к ним, наверх, который где-то смылся в картине и потерялся, растаяв на виду.

-Все бумаги достал из всех пыльных шкафчиков, снова перечитал все доклады, допросы и статьи. Снова... никакой пользы. Как только находиться некая связь, как эта - про не настоящих богачек, тут же... что-то идёт не так, и все факты тают на глазах. Уже вторник, но... Он что поменял свою тактику?

-Очевидно, да. - ответил офицер Ли, который стоял рядом, на внешней открытой стороне для курящих, на подобии балкона. Мы были в полицейском участке. - Но... чтобы спутать нас, уж не слишком ли мы погрязли в этих умозаключениях, что может теряем баланс здравого смысла и путаем с иллюзией игры убийцы с нами. Может в его поступках нет никакого смысла, а мы тут ломаемся и каждый раз спотыкаемся, потому что сути самой и не существует.

-Ну уж нееееет, – сказал я, - я в это не поверю.

Я сломал окурок о мусорную пепельницу и наблюдал как из того рассыпались ещё не разгоревшиеся кусочки светло коричневого табака.

-Ну, если так, - сказал Ли и почесал лысину, - значит и эта теория тоже не оправдалась. Снова... ноль зацепок.

-Это просто абсурд, - я поджёг новую сигарету.

Ли продолжал болтать, перейдя от дела к бабским уныниям и нытью о своей работе, молодёжи и жизни. А я взглядом погрузился в вид, как дым медленным огнём изнутри поджигает сигарету. Я чувствовал каждый миллиметр поджога и медленно бухтел его дымом вокруг себя, пока сам летал где-то далеко меж туманов.

Настроение ни к черту. И это ещё только-только утро.

Вздо-ох...

*****

-Не вмешаешься? – обратилась ко мне офицер Лая, стоявшая ближе к стеклу с видом на допросную, чем я. Мы наблюдали с маленькой наблюдательной комнаты, пока как они нас не видели и не слышали.

-Хм...

Я был наклонен к стене около двери, ведущей в полицейский отдел.

-Неужели он настолько бесполезен, что даже твоя привычка всегда вмешиваться в допрос другого детектива, тебя не повлечёт пойти туда и все испортить.

-Ну-у... Бывшие бойфренды, - откинув чуть голову к плечу и скорчив неуверенную гримасу сказал я, – это же совсем другая сторона нашего дела. Нам нужно что-то... крупнее.

Сидевший перед допрашиваемым, детектив Кил задавал ряд обычных и каноничных вопросов, что мне казались слишком пустой тратой времени. Что может рассказать нам об убийстве бывший бойфренд последней жертвы Виновника? Этот парень не видел Марлу до её смерти больше месяца, как он вообще может быть связан? Это же не просто очередное преступление, это серия безжалостных одно-почерковых убийств, и искать нужно изюминку, а не топтаться в каждом прошедшем кувшине и искать обломки прошлого. Связь должна быть настоящей, что играет роль сейчас, даже в эту самую секунду, ведь убийства ещё не прекратились. Что-то такое, что... стоит перед нашим носом, но... я черт возьми никак не могу его увидеть.

Вдруг ход моих мыслей отрезался на ветру и сковался на месте на пару секунд, сделав несколько маленьких шагов вперед медленно и внимательно наблюдая за парнем в допросной я приблизился к одностороннему огромному зеркалу. Лая заметила, как я подкрался, но я тут же сделал быстрый разворот и побежал вон из скрытой комнаты наблюдения.

-Маркус, что... - закричала за мной она, - снова да?! - Почти проглотив смех и стон безнадежности, выкрикнула Лая за моей спиной.

Я вышел из наблюдательной, сделал рывок в два метра и схватился за ручку двери допросной. Я вломился внутрь. Ведущий допрос детектив Кил, с которым я лично не вступал в близкий контакт, но работал с ним во время общих дел, взялся за лицо двумя руками и произнёс чуть ли про себя "Снова?". Он встал с места, видимо смирившись. Я даже удивился, что он уступил мне настолько легко. Обычно все, кому я мешал начинали шумиху, пока я, не игнорируя их, вступал в контакт с допрашиваемым и тогда они замолкали.

Мы встали по обе угла стола перед Стиком, бывшим бойфрендом Марлы Кендены, который походил на спортсмена, а прямо сейчас совсем растерялся и даже от удивления машинально подвинул свой стул немного назад, когда я вошёл (если можно это так назвать) внутрь. Он таращился на меня. Я был особо серьёзен и всматривался ему прямо в огромные черные зрачки.

-Говоришь Стик... почему вы расстались с Марлой?

-Я уже...

-Да я слышал и не раз, ссора из-за домашнего питомца... - я говорил медленно, но в каждую букву максимальную твёрдость и звучание, - а может она начала... ну в сексуальном плане, не удовлетворяться. А, Стик, что думаешь, ты достойно делал свои обязанности?

-Конечно, – в смятенном гневе и обидчивой истерике ответил парень, - я ублажал её так, что наверняка никакой мужчина в её жизни не смог бы сравниться со мной.

-Точно? А у меня были... некие догадки и... слухи.

-Мы это делали по два раза в день, - сердитым и взбудораженным тоном перебил он меня, - да куда там, однажды за ночь я перетрахал ее шесть раз. Я даже презики не успевал покупать. Все деньги уходили на аптеку.

Черт, как же это легко, и впрям, давно я этого не делал, а навыки сохранились.

Вдруг он остановился, словно сжал зубы и сердито впился в меня своими рассерженными глазами.

-Ах во-от оно что. Значит вы просто веселились и все. Значит... вопрос детектива, о том, говорили ли вы о будущем своих отношений, семье, детях и подобном, никак вас не встревожил?

-Не-ет конечно! С чего бы?! Да у меня за этот год четыре бабы уже было до нее, если вы понимаете, о чём я, - его тон смягчился, и походил больше уже на раскаянье.

-А Марла не говорила никогда о том... может обсуждала или планировала, как хочет однажды надеть свадебное платье?

-Нет... - Стик взбодрился и непонимающе ответил. Его черты лица говорили о его честности. - Слушайте она тоже была того мышления, что и...

Я перебил, надвигая голову ещё ближе, склонившись обеими руками за железный стол и угрожающе приблизив наши ауры.

-А о том, как её ножка в прекрасном каблуке вступит на церковный трон?

-Нет. – Он был озадачен, с чего бы такие вопросы?

-А о медовом месяце?

-Да он у нас был каждый день, - потерянно, но с кривой улыбкой ответил тот.

-О родителях?

-Нет. - С насмешливой улыбкой отвечал Стик. Я приближался все ближе скользя перед его взглядом вперед, медленно, с каждым словом.

-О загсе.

-Нет. - Громко и буйно, будто это абсурд.

-О бесконечной любви.

-Нет!

Я уже был на сантиметрах от его глаз.

-О семейных праздниках.

-Нет!

-И даже не о даче?

-Нет конечно, ха!

-А о ребёнке?

-Нет. – другим голосом ответил Стик. Слишком серьезным.

Мы продолжали смотреть друг друга в глаза. Секунды таяли, а я продолжал углубляться в эти обеспокоенные черные зрачки, что твёрдо надели маску безразличия и пытаются не сломаться, а за ней плача молились. Я уверен, вот почему уверен и в том, что он клюнет.

-Скажи... Стик. Уже поздно сожалеть. Последствия миновали вместе с Марлой.

Он заглох, но теперь я видел в его взгляде свою победу.

Я вышел из допросной.

Через пятнадцать минут мне донесли о его признании, что их разлука с Марлой была не из-за ссоры. Конечно же. Во время очередного секса порвался презерватив и Стик кончил в неё. Наутро после этого он просто сбежал, ляг на дно, коротко говоря побоялся последствий. Поступил как трус, вот почему, как только он услышал упоминание о детях и конкретно это слово в диалекте детектива Кила и в его вопросе, бессознательно среагировал необычно и странно, что отразилась на его мимике лица, и я это заметил. Тогда же я сразу решил проверить своё наблюдение. Но как выяснилось, на самом деле их расставание было не месяц и больше назад, как он раньше говорил, а всего за восемь дней до её убийства. Восемь дней.

Я позвонил медэксперту Сюне.

...

-Ты что издеваешься Маркус. Нет, ну ты вообще с ума сошёл, что ли! Бред какой-то! – доносился ее истерический тонкий голосок из трубки.

-Я серьёзно Сюна, проверь матку Марлы и всех семи жертв.

-Откуда я достану тебе, черт тебя дери разрешения и средства для повторного осмотра всех этих тел. Некоторых их семьи возможно даже уже климиро...

-Прошу Сюна сделай все что сможешь. Проанализируй весомость моей догадки через их тела, документы, анализы, медицинские карты и ещё все что ты сама знаешь лучше меня. Свяжи всех помощников по делу и даже по надобности других детективов. Скажешь всем, что это от моего имени. - Я чувствовал приток невероятной энергии, как раньше, как победитель, как если бы я точно знал, что прав, - я все сделаю, только помоги мне докопаться до сути... кажется... я почти уверен... что эта та самая нить. Я точно поймаю эту сволочь... - мои глаза блестели и адреналин бил паром из них, - Виновника.

*****

Я выпивал уже вторую кружку кофе и нервно стучал пальцами по стеклянному, круглому столу, сидя в маленьком открытом кафе. Был уже вечер, и закат был на исходе.

Наконец в спешке появился Марк и присел, тяжело вздыхая.

-О! И мне заказал кофе? Спасибо, – сделал глоток, - ещё не остыл, ну и... давай сразу к делу. Я нашёл лишний час для этой неожиданный встречи и знаю, что просто так ты меня не позвал бы во время работы.

-Читаешь мысли, как всегда. Но это не поможет мне говорить быстрее.

-Уф-ф... Ладно. Давай, колись, - он сделал ещё один глоток, но более спокойно и медленно, и закурил.

-Марк... - я тоже взял одну сигарету из его поданной в мою сторону пачки. - Я ещё никому этого не рассказывал. Тебе, как лучшему другу, я могу довериться.

-Ага...

-Я просто... - закуривая я пытался подобрать слова. -Уже ну очень запутался и мне нужна помощь.

-Это опять связано с тем убийцей "Виновником". Это конечно хреново, что до сих пор нет никакого прогресса в деле, но ведь это не первое твоё сложное дело. Ты с ним справишься, нужно просто...

-Нет! – Отрезал я Марка. – Он конечно большая головная боль, но завтра утром из других штатов главных подразделений отправят десятки агентов. Они с помощью людей нашего штата будут следить за каждой точкой, где есть возможность появления преступника хоть на процент. Весь город будет под тайным контролем. Это очень серьёзная операция, но не бессмысленная. Глава подразделения решил пойти в ва-банк. Не исключается вариант того, что это не одиночка, а целая группа. Другими словами, если следующее убийство произойдёт как обычно в пятницу, то это максимальный срок для него или их, когда всему наступит конец. У меня у самого есть зацепка... Но дело не в этом.

-Тогда...

-Вот уже больше месяца я вижу один сон.

-Сон?

-Да... Вообще их много. Слишком. Я вижу ночью много разных снов. Но... один... он... повторяется, каждую ночь. И дело не в том, что он просто повторяется... Он продолжается.

Марк косо посмотрел на меня, затушил остаток окурка, снова кинул на меня беглый взгляд, но нечего не сказал. Сделал последний глоток своего стакана.

-Как будто это моя вторая жизнь. Каждый раз, засыпая в реальности, я просыпаюсь там. Это будущее, где я простой нищий писатель, у кого нет ничего, кроме маленького дома. Ни родителей, ни друзей, ни девушки. Одиночка, живущий как будто он не из этого мира. Конечно, так оно и есть. И все бы нечего, но я не могу воспринять, что это сон. Он слишком реалистичный. Все выглядит слишком правдоподобным. Конечно, случается, когда мысли связываются и я, сопротивляясь, начинаю понимать, что все это как-то не взаправду. Но сон не даёт мне долго думать об этом, он упрямо сопротивляется. Подсознательно спутывает мне мысли и заставляет поверить, что это реальность.

Маленькая пауза для того, чтобы удостовериться что Марк не смотрит на меня как на психически больного. Но он был собран и слушал без лишней мимики на лице, так что я продолжил.

-Во сне я пишу книги. Ту, которую сейчас пишу – это обо мне. Я пишу то, что происходит наяву. Ты представляешь, это просто... во сне я пишу книгу о своей реальной жизни. Это даже больше похоже на дневник каждого дня из реальности, хотя, конечно, тогда я думаю, что сам придумываю все.

-А ты обращался, не знаю, там... к доктору или психологу.

-Конечно, обращался. Один мне написал рецепт на какие-то таблетки. Я пил их три дня, но потом бросил, потому что они побочно на меня влияли: вместо того, чтобы сон исчез или что-то в этом роде, я себя плохо чувствовал, голова болела и перед глазами все плыло. Короче, после этого я боюсь даже слова "доктор".

Понимаешь Марк, этот сон - он не ужастик какой-то, но своей унылостью он меня ужасает.

Марк без лишних эмоций продолжал слушать. А я уже был не в силах остановиться, как запустившийся мотор без тормозов, меня рвало выговориться, рассказать все. Я в спешке закурил, не помню какой по счету сигаретой.

-В реальности у меня есть друзья, девушка, работа. Все любимо, все хорошо. Я не богач какой-то, но живу хорошо. Все можно сказать идеально, ну, может и нет, но меня устраивает. Я доволен... Ты сам все знаешь. А этот сон... Он меня устрашает, как будто напоминает, как могло все повернуться, потому что там все наоборот. Он как будто говорит, что я не достоин всего этого и мучает меня самой бессмысленной повседневной жизнью. Я бы рад видеть сон, где я скажем супермен, но это как будто отражение. Оборотная сторона всего моего мира и меня. Иногда я даже путаю реальность и сон, смешивая, то, что происходило там и здесь. Это устрашает, так и не далеко к раздвоению личности дойти, или до шизофрении... Даже не знаю, что мне делать. Стоит закрыть глаза и все - я уже там. Просыпаясь, я понимаю, что это был сон. Там ничего особенного не происходит. Там все так, как должно быть во снах – слишком запутанно, бессмысленно, и как в тумане. Но мысль о том, что я опять засну и проснусь там, проживу ещё один целый адский день, пока снова не проснусь наяву - сводит меня с ума.

-Ну, раз так.... Как ты и сказал, ты должен понять, что это сон.

-То есть?

-Ну, когда ты во сне.

-Да, но как? Я и говорю, никак не получается. Вот даже сегодня я приехал сюда на такси и мне казалось, что шофёр за мной наблюдает через зеркало. Все потому что во сне меня кто-то преследует, и я уже начинаю сходить с ума. Реальность сливается со сном.

-Тогда тебе нужно найти путь для того, чтобы во сне убедить себя, что все нереально. Тогда ты сможешь понять, что это сон и руководить им. Думай об этом как о возможности. Я бы лично многое хотел изменить в реальности, но не все тут возможно, а в таком реальном сне ты можешь делать все что хочешь. Надо лишь помнить, что это всего лишь сон. И тогда станешь Богом в этом мире. Весь мир будет твой. Набей, скажем, рожу тому, кто тебе не нравился в реальности, и это чувство будет шикарным. А что? Какие могут быть последствия? Все равно это нереальность. Я даже начал завидовать тебе.

-Завидовать? – сердито почти крича сказал я, - Ты не слышал, что я гово...

-Ты можешь сделать там все что угодно. – Отрезал Марк. – Понимаешь, то, что нельзя или запрещено делать в этом мире. Простые сны быстро заканчиваются, и ты их даже не помнишь. У меня так. А если все так, как ты описал, то... Живи второй жизнью, так как не можешь здесь.

-А ведь, – раздумывая его слова, прошептал я, - может...

-Уже не помню какой, но один очень умный человек сказал что-то вроде того что "мне жаль минуты, потраченных на сны, ведь их можно было потратить с пользой в реальности и их больше никогда не вернуть". А у тебя есть шанс жить и ночью. Иными словами, ты не спишь, а продолжаешь свою жизнь в другой реальности. Да и мир будущего звучит многообещающим и интересным. Будь позитивным и ищи везде возможности. Думай об этом, как о даре. Все же сон не может длиться вечно, когда-нибудь он закончится, так что лови волну пока можешь.

-Черт подери! Ты, блин, гений. – Вытаращив глаза смотрел я на Марка.

-Нет, я твой друг. Если не я, то кто тебе поправит гайки в голове? Ну, как всегда, ты мне должен.

Невольно на моем лице появилась улыбка. У меня появился шанс, надежда, возможности. Глаза разгорелись от радости, и я бросился обнимать Марка.

-Эй, харе...

-Спасибо. Черт, Марк! Спасибо!

Теперь я точно знаю, что мне делать и как поступить. Я нашёл ответ!

"Умный человек всегда осторожен, даже во сне. "
Агата Кристи "Убить легко"

Часть 2:
Осознанный сон

Секунда 6:

Сиолония[6]

Сегодня утром, проснувшись, я побежал на улицу. Что-то мне говорило, что я хочу прогуляться на свежем воздухе. Мысль мне понравилась, но откуда она появилась?

Я не спеша шёл по улице. Людей было меньше, чем всегда. Утро же, наверняка, все на работе или дремлят, как в спячке. Один человек сказал когда-то, что мир принадлежит тем, кто рано встаёт, пока не проснулись остальные. Что-то вроде того. А ведь он прав - это чувство уединения во всём мире так прекрасно. А ещё иногда мне нравится не спать до рассвета. Потом смотреть в окно и наблюдать за темнотой. Ни света, ни огонька и ни человечка, гуляющего по улицам. И тут медленно расплывающий солнечный свет по засохшему миру. Тогда тебе и вправду кажется, что весь мир твой. Потому что лишь твои мысли текут по бесконечной и невидимой реке, окружающей всю нашу Землю как сфера переживаний людей. Тогда я, будто скольжу по пыльной пелене мира за окном.

У меня возникло чувство, словно я что-то забыл. Знакомое ощущение. Как забыть сумку, телефон, а может наушники дома. Или самое худшее - вспомнить, что забыл кошелёк, когда уже сел в автобус. Но автобусов скоро-то и не будет, так что об этом можно больше не беспокоится. Хм... насколько ещё позитивным я могу быть? В последнее время я удивляюсь самому себе.

Так, о чём я забыл? Никак не могу собрать мысли. Они как шнурки ботинок, так смешались, что пальцы сломаешь, но не распутаешь.

Ах да... Меня же преследовали. Но сейчас...

Остановившись и оглянувшись по сторонам, я понял, что во мне все спокойно. Нервы и интуиция дремлют. Никакого чувства, что меня преследуют.

Ну и слава Богу.

День сегодня такой чистый. Ветер немного прохладный, но в нашем мире, который все больше и больше превращается в искусственный, это шанс - насладиться дарами природы. Мне кажется скоро и натуральную каплю дождя увидеть не смогу. Дожди могут контролировать станции, а ведь когда-то это было по желанию природы. В нашем штате крупным компаниям это не выгодно. Куда катится этот мир, скоро даже пищевая вода закончиться. Каждый год говорят, что она на пределе, но почему-то она не кончается. Все же конец так и будет, если, конечно, он уже не был, и я не пью очищенную фильтрами грязную, или какую-то ненормальную искусственную воду, сам не подозревая об этом. А-а пофиг... если не знаешь, что это говно, то можешь есть даже с удовольствием, если тебе соврут что это хорошая и питательная еда. Все зависит от веры и угла восприятия. Не зря же говорят – все хорошо, пока не узнаешь правду.

Опять я потерял нить.

Нет! Я должен вспомнить что-то. Что-то наверняка очень важное. Думай, блин...

А?! Это же...

Вдруг из толпы показалось знакомое лицо. Оно скрылось за многочисленными другими людьми.

Я начал искать её взглядом и почти бегом помчался в ту сторону. Черт, людей стало так многовато. Я как в огромном стаде баранов. Вдруг волна стала настолько большой, что начала меня тянуть, и ноги уже не были в силах держать тело в равновесии. Это мне напомнило былые времена, когда утром по дороге на работу мне приходилось терпеть такое каждый день в метро.

Но стоп, какой ещё работе? Куда я ездил тогда каждое...

Вот она!

На глаза опять попал её силуэт. Гремучие пески из людей никак не хотели меня отпускать. Толкаясь и борясь, я всеми силами пытался выйти из этой массы в сторону...

Вот она уже совсем близко. Она меня ещё не заметила. Протянув руку к ней и почти дотронувшись, я закричал:

-Эй, Джулия, стой!

Но она не услышала и опять исчезла, словно рыба в океане.

Но... минуточку, какая ещё Джулия?

Вдруг мой разум помутнел и, находясь будто в трансе, я заметил, что уже вышел из кучки суетящегося стада. Я стоял под деревом и, оглянувшись, заметил место, где можно присесть. Длинная скамейка под тенью так удобно поставлена, что солнце доходило до нее лишь мелкими лезвиями, через прорехи листовой шерсти дерева. Место казалось приятным и прохладным. Я присел.

На другом конце сидения спокойно и прямо сидел парень в очках, лет тридцати. Внешний вид у него был официальным. Хоть я и вёл старомодный образ жизни, но знал, что находиться в его темных очках, в этот момент. Бесконечная сеть. Уж не похож он на человека, вышедшего полюбоваться маленьким двором с деревьями и цветочным лугом, который открывался перед нами. Вообще-то меня бесят подобные вещи, но сейчас заботило меньше всего.

Приклонив голову, будто она готова была упасть от перевеса с шеи, я впал в мысли. Течение раздумий, тревог, воспоминаний несло, как по звёздам, к безграничной галактике, хотя я сам не верю, что галактика бесконечна. Как-то похоже сказал однажды Эйнштейн. Хммм... но он, кажется что-то добавил. Черт!

Снова... твою же... Опять пошёл по другой цепочке и потерял ход мыслей. Теперь опять сначала. Я должен что-то вспомнить... Начали!

И так – прогулка, толпа и... девушка. Как же я её назвал? Кажется, Джулия. Кто она - эта Джулия? Давняя знакомая, а может... Какая знакомая, я уже так долго в одиночестве, что даже позабыл, как с людьми общаться.

Опять мысли, как птицы, пытаются разлететься в разные стороны, а я пытаюсь их ловить голыми руками. Бессмыслица! Голова уже сотрясается, да ещё и... да именно про какую-то работу вспомнил.

Какая работа? И вообще, какой чушью я занимаюсь с утра? Я взглянул на парня в другом конце скамьи, сидящего все так же бездвижно. Он повернул голову и тут я понял, что это уже другой человек.

Марк?

Какой ещё Марк? Откуда это имя во мне возникло?

Я пошатал глазами, чтобы удостовериться, что мне ничего не кажется. И тут его лицо...

Сид!

Какого черта!

В ужасе я вскочил с места. Закрутило ногу, небо опрокинулось, и я упал набок.

Я посмотрел на него, но теперь снова видел того мужчину с очками, что в самом начале. Я вскочил и не оглядываясь, побежал со всех ног.

Толкая людей, прыгая и обходя бешеным бегом, как сумасшедший - я нёсся, как будто плыву против течения.

Какого черта здесь творится? Я схожу с ума?!

Лицо... его лицо изменилось два раза. А та девушка?

"Весь мир будет твой."

Что? Откуда эти слова?

-С дороги! – Столкнувшись сильно об двух людей, даже не оглядываясь, побежал ещё и ещё быстрее.

"Подсознательно спутает мне мысли…"

Кто? Как? Откуда возникают во мне эти воспоминания? Или может это внутренний голос. А может, я слышал такое во сне сегодня ночью?

Я уже на пределе… Ноги на автомате не могут остановиться, но сердце колотится как бешенное. Тело меня уже не слушается, и как силой притяжения мчусь все время по прямой. Судороги бьются в висках. Я вспотел. Я бегу.

"Тогда ты сможешь понять, что …"

Кто мне это говорил? Я уже ничего не понимаю!

Уже Бог знает, куда дошёл своим бегом. Окружающие смотрят на меня как на психа, но мне на них сейчас наплевать. Кажется, со мной творится что-то серьёзно важное. Помогите мне кто-нибудь!

Все это как будто не взаправду, как будто… я в это не могу поверить. Это как бессмысленный сон. А что, если, я уже не различаю сны от реальности. Что если сегодня я видел сон, и он сейчас происходит наяву.

Я все ещё несусь вперед. Все тело хрипит и болит. Легкие будто перегрелись, и адски пыхтят.

А что, если это все сон. Нет! Это все просто мне кажется. Сейчас я открою глаза и проснусь.

Какую чушь я несу, лучше бы бежать сразу в психушку, а то я уже теряю рассудок. И рассказать врачу обо всем, он наверняка поможет мне во всем разобраться, и я тогда поймаю "Виновника"

…

…

Что это…

…

Что это только что было?

Какой ещё...

...

Резкий тормоз!

Качание телом вперед от тяжести... Словно лучи солнца открывались прямо надо мной и вдруг я почувствовал безобразный холод и теплоту - сразу. Чувства размешались, будто бессчётное количество игл внутри органов вонзились разом в каждый кончик тела. Пот лился от ушей до самой земли, на которой встал как вкопанный. В горле словно застрял комок того, чего я так долго искал. Глаза замерли на асфальте. И тут подняв резко голову, я посмотрел прямо вверх.

Весь мир закрутился, словно поменял свою окраску и на секунду я увидел себя сверху, с космоса. Наблюдая за самим собой с какого-нибудь спутника, или стоя на другой планете.

Я, наконец, вспомнил... Наконец понял...

Проглотил застрявшее в горле, и смело вздохнул.

Это сон!

Но как такое возможно...

Посмотрев вокруг, я никак не мог поверить в это. Ведь все кажется таким реальным.

Ну ладно, раз уж это сон тогда надо это проверить.

Подняв руку прямо перед собой и открыв ладонь, я нацелился на стекло магазина, напротив.

Нужно собраться и почувствовать себя всемогущим. Если я смогу поверить в это - то непременно получится. Нужно вспомнить фантастические фильмы, которые я смотрел.

Блин, да этот мир и так воображение. Мне просто нужно поверить в себя и контролировать его.

Закрыв глаза, я стоял где-то больше минуты. Топот окружающих говорил, что все больше людей обращают на меня внимание. Но мне пофиг, ведь их-то на самом деле не существует.

Сразу вспорхнул глаза, раздался хлопучий треск, и осколки побежали перед глазами. Кусочки маленьких стёкол летали предо мной в том месте, где была направлена ладонь. Сила, вышедшая из руки... я, её почувствовал очень чётко!

Конечно, я сразу в растерянности убежал оттуда. Насколько же сильно я руковожу сном? Мне нужно это проверить. Опять нацелив ладонь на высокую, плоскую, как тонкий картон, здание, я попытался это снова. Закрыл глаза, собрался, и резко открыв.

Ничего не произошло.

Я ещё не полностью могу руководить здесь всем, так, что со временем всему научусь. Все же мне многого не надо.

Время... я же могу больше не прийти в этот сон. Велика вероятность что после того как я познал правду этого ненастоящего мира, он отвергнет меня. Или более правильно говоря – мой мозг, частичка души или я сам подсознательно – это сделаю. Так что надо наслаждаться всем!

А теперь... ах да теперь я уже все вспомнил. Марк посоветовал делать то, что хотелось в реальности, но не было возможности.

Отлично! А то давно хочется дать несколько раз от души по морде босса. Сколько раз эта свинья отдавала хорошие дела другим сотрудникам. Теперь моя очередь. Ха! Ведь здесь я Бог. И как раз я знаю, где он живёт.

Шагая к его дому, решил по дороге все обдумать, а то до сих пор не до конца разобрался во всем. Значит - мой дом, моя карьера писателя, книги... все они подделка моего мозга. Весь этот мир лишь плод моего воображения?!

Но каждый раз, оглядываясь по сторонам, мне больно, ведь он уж очень реалистичный. Я привыкну! Как говорил Марк, истина уже в моих руках. Что бы я без него делал.

*****

Вот уже час скитаюсь вокруг места жительства босса, но его все нет. Хватит блин, пора домой. Мне нужно кое-что сделать, пока не проснулся.

Если это сон, то мне интересно, что написано в моих книгах. Не мог же я написать настоящие книги во сне. Наверняка там просто бессмысленная череда слов. Но все же, я хочу глянуть.

Уже немного начало темнеть, и я зашагал домой.

Вдруг по дороге прямо перед собой заметил знакомое лицо. Тот охранник из бара, тот самый который делал нам замечания.

Ну-у, а, фиг с ним. Вот его, и сделаю своей мишенью. Вот удача! У меня и так зуб на него.

Мы приближались к друг другу все больше.

Он был не один. Два таких же здоровяка как он шли рядом, бок о бок. И все же, я не до конца понимаю, как мой мозг воссоздают людей, которых я впервые вижу, а может они просто лица, которых я случайно встречал в реальности. Сейчас это не важно. Когда мы приблизимся близко, я врежу охраннику, что, посередине улыбаясь и болтая с дружками, шагает в мою сторону.

А после этого? Что если... Блин, спокойно, это же сон! Просто сон. Максимум что они могут, это убить меня! Ха!

Мы уже были на два метра от друг друга. Я шагал, медленно наклонив голову.

Быстрым движением, подняв голову, сразу метнул тело на него.

Огромный размах и...

Удар!

Не сдержав равновесие вместе с ним упал на землю. А это оказывается сложнее, чем я представлял себе. Из его носа полетела струя крови. Его друзья стояли ошарашенным видом. Видно ещё не разобрались в творившемся.

Жертва начала фыркать и на его лице я прочитал неистовую жестокость. Я замахнулся и ударил ещё...

Удары ногами обо все тело, заполнили двое с обеих сторон.

И зачем я это сделал? Я никогда не любил насилие. Но иногда хорошо сделать даже то, что всегда отталкивало. Другого способа приоткрыть все свои стороны – нет. А что, если я и в настоящем стану разбойником каким-то. Ладно, хватит себе льстить.

Я продолжаю сопротивляясь, бить свою жертву, а те двое лупят меня.

О-у мои почки! А боль не поддельная. Все тело гремит. Раз захотел реального сна, то получай и реальные чувства, что тут ещё попишешь.

Супер! Я словно ожил. Как цветной фруктовый сок наполняет стакан, так же все моё тело закипает изнутри. Я улыбаюсь. Кровь стекает из-под зубов. Как же мне этого не хватало! Чувство всесильности, жизни, самоуверенности, гнева что сливается со стен внутри тела.

Я бью и получаю удары в безумном круговороте мигающего сознания под громами боли. Кулак истёк чужой кровью, которая расползлась между пальцев. Тепло.

Освобождение!

Свобода!

Внезапная каракуля заполнила всю видимость черным. Голова словно взорвалась. Чувства начали потихоньку снижаться, и я услышал треск своего тела об твёрдый асфальт. Это было последнее, что я ощутил перед тем, как кануть в бездну.

"В моем сне - игра идет по моим правилам."

"Начало"

Секунда 7:

Ажита́ция[7]

Я проснулся.

Поднял спину и присел в кровати. Тело ныло от усталости. Спал я где-то больше девяти часов, что более чем привычное время для меня. Обычно я сплю с четырех по пять часов, иногда позволяю себе и шесть, а если будет так что останусь в кровати и сон продлится до семи часов, тело начинает чувствовать усталость, что не уходит за весь оставшийся день. А сегодня дав себе такой вот подарок, чтобы выспаться и как это бывает у обычных людей накопиться и перезарядиться во всю, для трудного и изнурительного предстоящего рабочего дня, я опять пожалею, как видимо, ведь плечи и поныне уже утром заржавевшие, а мысль такая тонкая что хочется снова прилечь и не вставать... никогда. А все из-за того, что сегодня пятница, возможно роковой день в моем проклятом деле. Оно меня уже доконало. Сегодня день, когда нужно дать жару, поработать мозгами и, если нужно собственными руками поймать эту тварь. Виновник... да кто же ты такой? Глаза застыли на стене впереди, и тут же я вскочил с места. Черт, Маркус! Вставай! Сегодня, тот самый день! Конец поставишь именно ты, именно сегодня, ты ... - одеваясь в спешке и наполняясь взрывчатой энергией изнутри, бормотал я себе.

...

Как только я вышел из душа, увидел, что телефон светится новым оповещением. Пропущенный от Сюны. Я улыбнулся. Наконец. Перезванивать я не буду. Вместо разговоров нужны действия, времени в обрез. Я вскочил из дома, сел в машину, завёл мотор и поехал в морг.

Пока здания, столбы и прохожие силуэты сливались в единую плёночную картинку, словно комок разноцветных нитей, я закурил и в голову пришла мысль.

А что, если Сюна нечего не нашла? Что если она звонит чтобы опровергнуть мою последнюю безумную, рождённую из-за последней стадии собственного отчаяния и бесполезности. Тогда... откуда тогда эта мотивация, с которой я вскочил с места рано утром. Нельзя... Ты слишком преувеличиваешь свои способности и возможности. Нельзя, стоп! Отключаем негатив, нафиг тревогу, я не боюсь, нет, конечно же мне нечего бояться, это же я охотник, а он моя дичь, он беглый преступник, кролик, что скоро наткнётся на тупик, я сильнее его, я намного-намного умнее, ему не сбежать, не сломить моё имя, я выиграю это надоедливое дело, победа, как всегда это было, я ведь и вправду вижу больше чем все остальные, они не видят самого главного, деталях, а ведь именно в них вся жизнь, поговорка же есть старая, бог – в деталях, и она уж точно не религиозная, так что спокойно Маркус, спокойно и решительно, сегодня мышка попадёт в капкан, я придумаю, да конечно у меня целый день до полуночи, да за этот срок можно десятки убийц поймать, больше двенадцати часов ещё впереди, а в руках сильное оружие, я ... только бы Сюна сказала то что...

Я доехал и бросил уже остывший окурок за окно.

...

-Акуш-что?

-Акушерская неделя беременности, - повторила Сюна, ответив на моё недопонимание и вздор, - у Марлы Кендени она была на второй неделе, а значит у неё даже ещё не началась первая неделя эмбриональной стадии.

Она сидела за своим столом, а я стоял пред ней. В своём офисе она строго запрещала курить, так что я был на нервах, но поняв, что разговор может затянуться я все же одолел себя и пододвинув стул, присел перед ней.

-Объясни, черт подери, что ты только что сказала.

-Я о стадиях беременности.

-Прости я уже забыл, как чувствовал себя при беременности. Дети уже повзрослели.

Сюна сделала глубокий вздох, безулыбчиво не отрывая глаз от меня, тем самым бессловесно говоря, что не время шутить.

-Существует две стадии беременности, после того как произошло зачатие внутри матки, это акушерская стадия, которая длиться до трёх недель, а дальше начинается эмбриональная, когда плод уже... говоря языком тебе понятным, можно сделать тест, и узнать о стопроцентной беременности, а до этой стадии тест не выявит правду.

-Значит... чтобы...

-Чтобы выявить явную беременность нужно, чтобы с момента полового акта с партнёром у женщины прошло три недели, как обычно. И то с помощью УЗИ, а обычным домашним способом, с двумя полосками, это возможно только на пятой неделе беременности.

-Ну-у, это конечно интересно, но зачем мне все это знать.

Сюна выдохнула весь воздух из лёгких и опрокинула голову.

-Я упустила у пятерых жертв эту деталь, хотя, возможно и не... короче, не заметила беременность из-за их слишком ранней стадии нахождения, что весьма сложно даже когда ты знаешь, что искать. Но это не оправдание. Я виновата, это моя ошибка.

-Не время искать сейчас виновных в просчётах, исследованиях, экспертизе и всему... Сюна, в этом деле все о-очень сложно. Мне бы не знать. Мы играем с очень сильным противником, чьи мотивы нам до сих пор сложно выявить на чистую воду, так что..

-Да, но я ведь профес...

-Так что, - громко и сердито повторил я, - просто скажи своё последнее слово. Свой заключительный диагноз.

Я смотрел ей в упор, мы работали не первый раз, и я знаю, что хоть и она временами бывает слишком холодна и не человечна, особенно когда в работе режет своих новых подопытных клиентов, но вне этой кровавой комнаты, она отпускает паруса своих чувств и эмоции бьют по канаве, да так что может почудиться что перед тобой совсем иной человек. В первую нашу встречу я был серьёзно удивлён тому, как быстро, словно кнопкой управления ей удаётся менять свой этот внутренний режим, заходя в комнату своей работы и выходя из неё. Щелчок и все. Сейчас она чувствовала себя виновной, что сделала просчёт. Конечно дело могло серьёзно пойти вперед намного раньше, если бы не было этого просчёта, но в её профессионализме я не сомневаюсь, и если уж она что-то упустила, значит это и вправду было очень сложно выявить, и никто другой бы не справился лучше. Я её не виню, скорее больше себя, что сам проглядел нечто, что могло бы озарить хоть какой-нибудь участок дела в беспросветной мгле.

Сюна рылась в документах, выходя и возвращаясь обратно в комнату, пока я спокойно сидел и ждал. Она была в неуклюжей спешке, но кажется, от моих слов настрой бил от неё энергичным и даже позитивным.

Наконец она сложила по очереди предо мной на столе несколько стопок бумаг.

-Жертва первая Камила Андерсон – была беременна. На момент убийства находилась ещё только на первой акушерской неделе...

Я слышал её, но не слушал. Улыбка на моем лице тянулась вверх безвольно. Это оно!

Слушать сейчас её мне не столь важно, все стоит перед глазами, как и её детальное заключение, а самое главное, что я победил, я смог поймать и выяснить суть, смысл, мотив.

Я не сдержался и отрезал возбуждённую Сюну.

-Передай все эти сведения всем детективам, их помощникам, полицейским, комиссарам, штатным подразделениям и всем-всем-всем.

...

Я прошёл ещё один уровень вперед, но это ещё не конец. Я сделал большое дело, нашёл связь, ту самую вишенку, которая есть у каждой жертвы. А именно то, что все они были на ранней стадии беременности от разных лиц из своих личных жизней. Это уже не важно. Или может быть. Но... здесь ещё один тупик, и чем больше я о нем думаю, тем больше понимаю её неразрушительную и непобедимую упорность. Ведь задаётся первый вопрос: Зачем? Зачем он убивал ещё только забеременевших, случайности быть не может, семь жертв, семь! Это не совпадение, только не в этом мире. Но следующий вопрос важнее, намного, он... мне казалось, что я разгадал мотив, но это только наружная пелена, ведь мотив будет понятен только после того как можно будет ответить на первый вопрос, который следует за вторым. Как? Как он находит ещё только забеременевших жертв, ведь... это абсурд. Все эти женщины и то что их связывает и делает жертвами это то, что они сами возможно не знали. Совершенно нормально, когда женщина ещё только сомневается насчёт своей беременности, не знает о ней, или может догадывается. Но... как найти их? Чем руководиться? Какой список?

Я сидел в машине. Из окна бил лёгкий тёплый ветер. Небо заливалось темно синей вечерней гаммой, побеждая все яркие пятины ударом затухающего заката.

Я бросил окурок закончившейся сигареты за окно, где снизу валялись уже больше десятка разбросанных близнецов.

Отчаяние надвигается медленно и тихо, с шёпотом. Но полностью достигает и хватает со спину жертвы резко и внезапно, вместе с осознанием чего-то важного. Как только достигаешь одного пункта назначения, следует поворот, ведущий в совсем иной - следующий пункт, одно за другой. И все же, вечером мне позвонили из участка.

После разговора, я выбежал из дома и резкий визг шин моей машины просвистел до самого неба.

...

Вздох... выдох...

Быстрые топоты по лестнице...

Вздох... выдох...

Все быстрее и быстрее...

Ни на секунду нельзя бросать темп!

Вздох... Чем выше - тем ближе.

Преступник бежал по лестнице вверх с бешеной скоростью, за ним как зверь, вцепившийся на запах добычи, на несколько шагов позади - догонял я.

Мы были в небоскрёбе, но уже прошли больше половины этажей. Со счета я уже сбился... Звук лёгких и сердцебиения заглушили уши. И теперь лишь полумёртвые ноги в запрограммированном движении несли вперед бес осознания своих животных инстинктивных рывков.

Вдруг заметил, как он резко повернулся, закрутившись за поручень, и умчался за дверь. С тем же безумием и чуть не наломав себе кости, я помчался за ним.

Узкая дорога была полностью во тьме. Но я не остановлюсь, пусть даже он стоит там и ждёт меня, приготовившись к неожиданной атаке.

Я бежал со всей силы, но казалось, будто тьма поглощает звук ботинок, горящих изнутри от неустанного темпа. На миг все заполнилось черным, и я даже не знал где лево, право или зад, перед. Наконец я поймаю этого ублюдка "Виновника". В конце концов, резкие лучи света бросились на меня, и я понял, что вышел на другую сторону здания. Лестница вела вверх и вниз, и я гадал на ходу, куда он мог побежать.

Прибегнув на обратную лестницу небоскрёба, посмотрел вниз, но там никого не было и ни звука тоже.

-Эй...

Звук пронзил меня сзади. Сумасшедше быстрым движением я обернулся и только успел заметить злорадную улыбку, как все его тело исчезло в маленькое окно на другой стороне лестницы. Он спрыгнул!

Окно было просто для света и воздуха, но он точно бы не спрыгнул, если бы там не было чего-то на что можно приземлиться и ударать. Ход его действий сразу стал мне понятным. Так что, не теряв не секунды и забыв о страхе, высоте и риске я сразу побежал, сделав молнийносный рывок прямо вперед - на окно.

Подпрыгнув, я сразу оперся вперед, чтобы не смотреть долго вниз, ибо высота была уже больше тридцати этажей. Не могу позволить себе терять время. Я решил сделать это быстро и без страха. Внизу балкончик, или что-то вроде. Но как только глаза опустились вместе с телом сколья на подоконнике, ещё не полностью открыв ладони, державшие за поручни стен вокруг окна, я заметил...

Ничего!

Словно я в небе, как прыгун с вертолёта, но без парашюта. Я канул в облачную реку. Машины, люди, магазины... все, что находилось в ночном городе, внизу меня, начало плыть как приближающийся цунами. Половина ладони уже соскользнула с запястий окна. Всеми силами я сжал скользящие пальцы и начал тянуться ногами вверх, так что кровь из пальцев хотела всплеснуть из-под ногтей. Медленное шатание назад, и я почувствовал отдаление от бездны.

Вдруг правая рука полностью соскользнула и словно кипящая вода на голову, страх пролился по всему телу. Так близко к смерти я ещё никогда не был.

Маленькие фигурки, будто муравьи внизу, притягивали к бездне. Тело потеряло равновесие, и ноги тоже стремились к тому, чтобы полететь. Картина низа была, будто перед носом и ноги полностью упали с подоконника.

Левая рука была моей последней надеждой, но это же не фильм или сон. Мне не удержать все тело лишь одной, уже измученной рукой. Это - реальность... За свою необдуманность порой приходится платить жизнью. Жизнь всегда на волоске...

Последняя надежда подловить себя и...

Не выдержав резкой перенагрузки, окровавив кончики пальцев, болью пульсируя все кости, рука соскользнула и ударилась об подоконник. Боль я не почувствовал, лишь касание. Тело затянуло вниз под тяжестью гравитации.

Словно кирпич я канул в воздух. Воздух - тот, что я всегда дышал и не задумывался о нем и о его мощи, резко оказался тяжёлым и беспощадным.

Тёплые ладони тьмы окутали тело. Это чувство... оно превосходно. Словно вкус фрукта, который можно попробовать лишь раз в жизни. Не подобный ничему другому. Ещё одна галочке в списке того, что желал попробовать. Жаль остальные уже никогда не заполнить.

А я так и не научился кататься на велосипеде.

Горло рвалось от крика и страха, но я себя не слышал. Внутри я смеялся ироническим сарказмом.

"Сон — это каждодневное умирание, маленькое упражнение в
смерти."
Милорад Павич "Хазарский словарь"

Секунда 8:

Хеатускопия́[8]

Ноги дрожат. Ветер раздувает одежду. Руки трясутся.

Я падаю.

Внизу, очень далеко-далеко распростёрты малюсенькие кубики и цвета. Какие-то пятна и точки, за распростёртым голубым океаном березистые и манящие. Картина медленно растёт. Я спускаюсь все ниже. Меня тянет магнитная мощь планеты. Облака тают вокруг да около. Я свободен. Кажется, будто могу обнять руками и прижать к себе младенческий мир. Вокруг бестактно пролетают пули птиц разных размеров, проходя мимо и исчезая сразу же в бесконечной дырявой синеве.

Издалека доносится ожесточённый прорезающий гул, становясь все жёстче и сильнее. Оно приближается с огромной скоростью и режет слух, напрочь раздирая в клочья воздух. Оно уже так близко, будто рождается в ушах

Я развернул голову и встал. Под ногами ощутилась стойкая тяжесть упирания. Я шагал по узкому и длинному салону самолёта, посредине пассажирских кресел. Все вокруг очень активны, стюардесса бегает с одной стороны на другую в спешащем и неуклюжем темпе. Я присел на своё место. Тёплое и мягкое кресло обняло спину. Вдруг на плече ощутил чьё-то раздражающие стучащие пальцы. Обернулся. Сзади сидел мужчина в возрасте, с лысиной вокруг тонкой пряди волос посредине головы и с ещё ужасной неравномерной сединой.

-Да... - затянуто сказал я.

-Можете включить кондиционер? Здесь так жарко! И как мне работать?!

-Конечно. Продолжайте свою работу, - и он опять погрузился в монитор, переплетая пальцы на клавиатуре и неустанно быстро-быстро печатая. Его толстый и старый компьютер занимал большую часть личного стола. Из-за подобного распорядка, и без того маленький офис казался ещё меньше. Я поставил игру на паузу, встал и обошёл офис. Где этот чёртов кондиционер? В конце концов решился открыть окно, для проветривания. Но она отчаянно сопротивлялась и не открывалась, сколько бы я её не тянул и толкал.

А старик, сидящий около меня на толчке, хриплым голосом сказал:

-Можно быстрее. Мы скоро так вообще подохнем, без воздуха, - от него и унитаза под ним несло хриплым зловонием гавна.

Но... ведь, она не открывается. Я ничего не могу сделать. Нечем дышать. Меня душит. Пот лезет вон по всему телу. Она растекается по коже нежно гладя её, словно я весь оказался в плену воды.

Все встали с мест и начали бунтовать и шуметь, требуя, чтобы я что-то сделал. Взглядом встретил дверь и побежал к ней. Взялся обеими руками за поручни и потянул всей силой на себя. Обвинения и руганья по отношению ко мне теснили со всех сторон. Я скребел зубами. Почему вечно я виноват?!

Дверь заскрипела и снаружи ураган резко взмёл все, затянув в себя смертельной схваткой. Вся комната взорвалась в хаосе, бумаги летели вихрем, стулья и столы скрипели об пол, а меня тянуло наружу ужасающей мощью турбулентности, пред которым ноги сдавались. Тело засосало вихрем и не успел я понять происходящее, как самолёт остался вверху, продолжая полет и испаряясь в облаках. А я продолжал падать в бесконечном небе.

Как же прекрасен лазурный вид, расплывчатые ватами облаками и весь объятый мир, дарующий лже-свободу и крылья. Он так бесподобно красив, так же, как и жесток.

*****

Для меня счастье всегда означало делать то, что хочется - не давая отчёт никому. Порой даже самому себе. Ведь если даже добиться мультимиллионерства за счёт какой-то работы, которую ты не любишь, будешь ли ты счастлив? Или будешь есть дешёвую еду на завтрак и думать о своей работе, которую любишь, и которая является частичкой того самого счастья? Путь к вершине и есть самый лакомый кусок мечты. Не важно родился ты в бедной семье или богатой, здоровым или коллегой, с хорошо прописанным будущим или неясными тучами впереди. Не важен пол и даже место рождения... главное, что есть у нас у всех – жизнь. Каждый, кто рождается, живёт! Вот самое большое богатство людей. Но к сожалению, пока что-то не потеряешь, не осознаешь его ценность.

Я открыл глаза. Резко встал! Выпрыгнул из кровати и начал беспокойно оглядываться. Смятение.

Я в тюрьме!

Это одиночная клетка с одной кроватью. Видно я ещё в отделении центра города. Но что, же я тут делаю?

-Эй, кто-нибудь... – Прибегнув к решёткам я начал орать, - тут кто-то есть?

-Закройся... чё-ёрт.

Вдруг издался грозный мужской голос, владельца которого я не нашёл взглядом.

-Э... я тут... Что я тут вообще делаю?

-А-аа... - заурядный ленивый и раздражённый голос становился все громче и...

Вдруг из-за стороны передо мной встал накаченный мужик, в рубашке служащего надзирателя, с не очень дружелюбным лицом (мягко говоря).

-Че раскричался гавна кусок?!

-Я... не понимаю...

-Че ты там не понимаешь?

-Почему я... в тюрьме.

-Хм-м... Только не надо шизофреника из себя строить, ты хорошо знаешь - зачем тут!

-...

-А-а?.. – он схватился своей огромной ладонью за лицо, не скрывая злобное раздражение, – Сукин ты сын, напал на людей в общественном месте и хорошенько избил одного из них, конечно же получил по наглой и заслуженной роже. Когда мы тебя задерживали, ты был в отключке и никак не хотел просыпаться, так что...

-Я что арестован? За... за избиение?

-Туговато же до тебя доходит.

-Ну и-и сколько я тут проведу, что-о... дальше-то? – я не мог остановить своё заиканье.

-Не ссы... если бы за такие мелкие дела всех сажали, я бы щас искал работу.

Кажется немножко остыл. Он отпустил лицо и зашагал обратно. Наверное, на свой пост охранника или не знаю кого ещё там или чего. Честно говоря, я все ещё в смятении.

-Ах, да... – повернул голову не останавливаясь, - Доктор придёт вечером, так что можешь спокойно продолжать - дрыхнуть.

-Доктор?

Но он не ответил. Просто исчез. Я остался совершенно один. Тихая мгла сползала по стенам, за решётками затаилась в темноте вся остальная тюрьма. Отсутствовал любой вид шума и звука. Я медленно подошёл к кушетке и лёг. На нем было твёрдо и игристо. Я лежал как мертвец в гробу с открытыми глазами и отсутствующим видом, будто жизнь застыла и во мне, как и все около меня.

Апатия. Одиночество. Меланхолия. Это вы? Да. Привет. Как дела, где был, разговаривали они по очереди. Выходил на люди, отвечал я им. Ха. И что там было интересного. Видать нечего, раз уж вернулся снова к нам. Я вернулся? Ну да. Ты всегда возвращаешься. Да, да. Но ведь... я не просил этого. Чего? Ты что серьёзно? Предать нас вздумал? Я ведь не приходил к вам все это время, это вы были со мной. Ах ты неблагодарный. Слышь, какие мысли. Совсем стыд потерял, говорить такое нам. Ведь что, это не правда, это же вы все время меня мучаете. Ну да, ведь ты и так один. Если бы не мы ты бы и оставался всегда один. И это твоё благодарность, да. Но я же... с самого детства хотел лишь счастливой жизни и все. И все? Да, да, какое ещё все. Это твоё все, только начало твоих желаний. Но ведь вы то знаете правду, что я просто хотел жить как нормальные люди, но мои мысли, и вы вместе с ними меня погубили. Наглец ты, вот кто, если бы нас не было ты бы давно убил бы себя. Говоришь просто жить, просто счастье, так будто знаешь, что это такое, всем в мире людям это даётся не так-то и просто, как тебе кажется. А ты давай, продолжай думать, что ты такой особенный, другой и оригинальный. Да что вы привязались, вы сами всегда балуете меня. Да-а, а что ещё то делать, ведь это ты нас придумал. Или скажем мы и так существуем, но это ты открываешь перед нами дверь. Мы это твоё оправдание. В детстве я смотрел фильмы и читал книги, даже в журналах и плакатах встречал... Мы уже слышали эту песню. Мы все очень хорошо её знаем. Снова не начинай свою унылую ностальгию. И там были писатели, профессиональные, известные, красивые, оригинально выглядевшие, умные и крутые, они всегда путешествовали и всегда останавливаясь где-то, в какой-то стране или городе, заезжали в какой то дешёвый отель и останавливались постоянным гостем бара под зданием или около берега, около дома, неважно, главное они там сидели часами, возможно даже целые сутки, медленно и искусно курили и писали, иногда вели разговор и пьянки с барменом, и снова уходили в своё временное место жительства, и когда заканчивали роман, снова пускались в поиски новых приключений куда глаза глядят. И ты всегда восхищался подобной жизнью, мы знаем. Да, но ведь Маркус, это просто мечты, которые столь прекрасны лишь когда в них веришь и представляешь. А ещё не забывай мы всегда находимся рядом с такими людьми, так же как сейчас с тобой, так что по большому счету нечего бы не изменилось, даже если бы ты реализовал такой образ жизни. Может быть, может... но ведь я помню, как в какое-то время, это было при написании моего второго романа, после того как первый полноценный роман смог достичь кой-какого минимального успеха, тогда и финансово у меня было нормально и я позволял себе полностью отдаться второй книге проводя много времени в одном клубе, что работал до утра. Эмоции тогда у тебя играли хаосом внутри. Я помню эти два с чем-то месяца, тогда я себя странно чувствовал. Именно, мы были с тобой очень близки и в то же время мы были не одни. То место, у меня... я засмеялся, даже стол себе приметил, который всегда занимал, а если он был не свободен, либо прогуливался пока освободиться и снова возвращался, либо садился рядом и ждал ухода тогдашних сидящих, чтобы пересесть, это был маленький квадратный стол, с неудобными компьютерными стульями, ну вроде офисных, тогда это было в моде везде, считалось престижем, и когда я садился, не важно было людно вокруг, шумно, совсем пусто и тихо или разгоралась драка пьяных мужчин, я все равно был в своей тарелке, и не чувствовал себя ни в одиночестве, ни в каком-то неприятном обществе, два в одном, я там был и меня не было, это было приятное чувство, и я погружался в роман с наступлением крайней ночи до утра, пока меня сопровождали лишь пепельница, сигареты и кофе, иногда допускал себе пива ориентируясь по предшествующему сюжету рукописи. Маркус мы всегда будем твоими друзьями, ты только не грусти. Не унывай, ведь здесь в этой маленькой кромешной камере... представь, что это просто комната, пустая комната, созданная для тебя, а теперь ощути, как тут спокойно и приятно, тут никого кроме нас. Они правы, твой ум, мысли, поток их свободного ручья может плыть хоть до небес и тебе не нужно больше нечего делать.

Глаза закрывались, темнота сгущалась с каждым тяжёлым морганьем. Приятное тёплое чувство упокоения куда-то внутрь, куда-то далеко, куда-то, где есть нечто притягательное, окутывало тело, и я начинал затягиваться внутрь этой чёрной дыры. Хочется заснуть, заснуть надолго... может быть, навсегда...

Может быть... может... было бы лучше, остаться тут... и спать... вечно...

" - Кто захочет застрять во сне на 10 лет?

- Зависит от сна. "

"Начало"

Секунда 9:

Парафраз[9]

Сильная головная боль...

Везде туман, который так и душит, не давая нормально дышать...

Теплота руки... чьей-то руки... но чьей?

Немного приоткрыв глаза, я увидел солнце. Это была Джулия, она сидела возле меня и держала мою руку. На лице сиял нежный блеск, как всегда. Закрытые и полу дремлющие глазки испускали лучи тепла надо мной. Стоило мне только взглянуть на неё, как дух жизни во мне снова начал пробуждаться. Свечущее личико, блестящие волосы, словно проблески лучей солнца на листьях, спадающих с деревьев. Она прекрасна и неповторима. Кажется, она долго пробыла здесь, со мной. Наши руки связаны тёплым прикосновением.

Рот еле открывался, через силу. Он, будто склеился и затвердел. Оглядываясь, я почувствовал, что место знакомое.

-О-о! – из-за стороны двери послышался знакомый голос.

Подняв глаза, я увидел Дока. Того...

-Опять... - уставшись приподнялся я в кровати и сел.

От моего резкого движения Джулия вздрогнула, и полностью проснулась.

-А-а... Ты встал? Я так и знала, что сегодня это произойдёт.

Я был полностью потерян! Уже в какой раз просыпаясь, оказываюсь в ситуации, где вынужден сложить все по порядку дабы разобраться, что было - сном, а что есть - реальность.

-Сегодня?

-Вы спали несколько дней, после злосчастного удара. – Сказал Док.

Сейчас я уже вообще окончательно растерялся. Удара? Головой об зеркало что ли?

Или нет? Погодите-ка… Так, нужно вспомнить, как я тут опять оказался. НЕТ! Не опять… В тот раз это было во сне, а сейчас… из-за маньяка убийцы.

НО…

…я же…

-Я упал!

-Нет. – Спокойно и успокаивающе, все так же милым личиком сказала Джулия, и зажала ладонь. По неволе меня и вправду это успокаивало, даже сейчас. – Когда ты бежал за преступником твой напарник Антон, бежавший за вами, на секунду потерял вас из виду. Но, слава Богу, он успел вовремя, и схватил тебя за руку, когда ты поскользнулся. Он спас тебя! Ты ударился сильно об стену головой… так что, лежал без сознания все это время. Маркус, я так рада, что ты проснулся, - и всхлипывая носом, кинулась на меня и обняла крепко накрепко.

Да, я помню. Антон сначала был со мной, но как только я заметил преступника и пустился в догонку, совсем позабыл о нем.

Но я до сих пор одно не понимаю, что тут делает доктор из сна. Но если подумать… То, все сходиться. Видимо мы встречались и раньше, только я не помню этого, потому что всегда ненавидел больницы и пытался держаться от них подальше. Забывал все начисто, что там происходило. И вот персонаж этого доктора я воссоздаю в своём сне, как плохого героя. Уж точно он мне раньше делал укол или ещё какую-то гадость, что мне явно не понравилось.

-Ладно, оставлю вас. Вижу, вы здравом уме.

Вот, как бывает наяву. Сейчас вспоминая тот сон, когда он меня отпустил сразу после того как я встал, понимаю, что это просто смешно. Но все, же я до сих пор удивляюсь себе, как же я помню почти все, что вижу во снах?!

-А ты тут давно? – спросил я Джулию.

-Я каждый день приходила. Не волнуйся, подруга присматривает за магазином. Признаться, я знала, что ты сегодня проснёшься. Хм... – улыбнулась, - знала.

-Ага, конечно. В экстрасенсы что ли записалась? - пытаясь встать и сесть оперяась на спину, пробормотал я.

-А знаешь это хорошо, что ты такой энергичный. Шутишь, разговариваешь, я-то уже устала смотреть, как ты дрыхнешь.

-Ого-о... Думаешь, ты похожа на ангела, когда спишь? Храпишь как старик и рот такой приоткрытый, аж слюни текут.

-Да не храплю я, сколько раз повторять.

-Вот видишь, я поймал тебя. Значит, про слюнявый рот в точку подметил.

-Ха! Нахал, - мило скорчила сердитые брови Джулия.

Наконец, я вернулся. Давно уже не было таких весёлых и бессмысленных разговоров с Джулией. Как же я соскучился. Хотя все эти дни, что спал – пролетели, но я продолжал жить, где-то там, в этих искусственных иллюзиях сновидений. Как будто вчера только падал. И все же хорошо то, что хорошо кончается.

-А помнишь, как мы встретились, - саркастично улыбнулся я.

-...

-Ну, наше знакомство.

-Ага, конечно не помнить. Как я могу забыть, как ты пытался подцепить меня в баре. И как отстойно это было.

-Чего-о?.. да ты растаяла, как только я к тебе подошёл.

-А, что ты про это вспомнил?

-Не знаю... просто... давно мы не веселились как в тот день. С каждым днём, тот день становится более и более... а знаешь, у меня есть идея. Давай воссоздадим тот самый день сейчас.

-Сейчас?

-Да. Или ты уже нечего не помнишь? Ну, да... конечно не помнишь.

-Каждое слово, и каждый взгляд. Уж точно получше тебя.

-Ладно, тогда давай проверим.

-Ага! - сказала Джулия, и мы начали.

-Пропустим предыстории. Значит, я уди к тебе и уже у барной стойки, и тут мою видимость закрывает твоя толстая подружка Алла.

-Да не толстая она и вовсе не подружка. Я же тебе говорила. Она меня уговорила отпраздновать получение аттестата после экзаменов и пойти в бар. Короче, у меня не было выбора. Я ведь до этого никогда не была в барах, да и особо не увлекалась.

-Неужели? А мне показалось, что ты неплохо веселилась. В атмосферу уж точно сливалась.

-Ладно уж, продолжай...

-Ах да, и тут! С неба заиграла рояль и посыпались лучи света открывая дорогу к тебе. Ангелы спустились и стерли преграды на пути к тебе.

-Давай посерьёзнее, Алла просто вышла в туалет.

-Ну, да... Я вообще не верю в судьбу, но назвать это простой случайностью тоже не могу. Сзади друзья не отводили глаз. Я это чувствовал, даже не оглядываясь. До сих пор помню, как чувствовал себя гладиатором на арене и в этот момент мне предстоял смертельный бой.

-Ну ладно садись уже.

-Да я сел, а ты...

-Что я? Я ничего не сказала.

-Да, но повела глазами, словно говоря: "Ты меня не интересуешь, отвали".

-Ничего подобного, я вообще не обратила на тебя внимание.

-Это ещё жёстче. Дальше, я наверно минуту был в хаосе и не знал с чего начать.

-Да? А вёл себя как Мистер спокойность и интеллигентность. И тогда...

-ДА! Ты это помнишь. То, что я и вправду заинтересовал тебя настолько, что ты первая заговорила со мной.

-"Это место занято" - вот что я сказала, и всё.

-А-а, ну я даже не помню, что конкретно ответил.

-О-о, вот как?! Ну значит вы не против.

-Именно.

-Неужели это и был твой план?

-Ну да. "Слушайте, короче мои друзья решили поймать меня на слабо, вот видите их", так как они смотрели на нас и ржали как ослы, я имел факты. "Да вот те, что притворяются, что не смотрят сюда. Они поспорили со мной, что я не смогу разговорить такую милую девушку и не протяну беседу с вами, даже на пять минут. Вот у того что посередине сидит, впереди на столе поставлен телефон, на нем идёт секундомер. И если я вернусь раньше, чем пять минут, проиграю закрою счет нашего стола и опозорюсь. Так что, если вы не прочь я просто посижу тут ещё четыре минуты и не буду вам мешать." Дальше я стал ждать.

-Ждать чего? Я же совсем не обращала внимания, даже после твоего рассказа.

-Ждать, пока ты сама не начнёшь разговор.

-Так значит, я попалась?!

-Ну... в принципе – да! Смотри, я к тебе не пристаю и просто сижу пока - как ты думаешь, не истекут мои пять минут, и я уйду. Так?

-Так.

-Тогда как я и думал, в тебе зашевелятся такие вещи, как - неполноценность, или <<чем я плоха>> ... Или просто хоть какой-то интерес.

-Ты мне? Мне просто стала противна та тупая атмосфера, в которой мы сидели и... стало тебя - жалко.

-Что сделает ребёнок, которого все время баловать? Он начнёт баловаться и над тобой тоже со временем. А если не обращать внимания, что он сделает? Это работает безотказно. У человека всегда появляется интерес к тому, кто игнорирует его. Ну а если сначала показать большой интерес, а потом будто послать все и даже не смотреть на этого человека – то жертва повержена. Может, я и не знаю, как подкатывать к девушкам, но в психологии разбираюсь по специальности. Я все же, уже тогда вёл серьезные дела - на посту детектива.

-Значит, я была твоей жертвой?

-Ну, в каком-то смысле, ты попала в мои цепи... Хотя, тебе показалось, что руль в твоей руке. Это самое главное, если жертва думает, что это она - всем заправляет, то ты можешь крутить ситуацией как захочешь. Так что давай говори, что ты тогда сказала.

-... Я просто сказала, что моя подруга может вернуться в любой момент и неправильно все понять.

-Это и был твой проигрыш. Подобное ты уже говорила в самом начале. Повторение означало, что ты не придумала ничего лучше, чтобы опять завязать разговор.

-Ну да признаю... Ты может и показался мне очень простым, но по какой-то части понравился. – её глаза заблестели, когда она произнесла это чуть по-детски обиженно-смущённо. Наши отношения не мало времени как находятся на высоком уровне близости, и подобное смущение, как сейчас я смог наблюдать, сковало меня своей очаровательно ностальгической милотой и по коже пробежали детёныши мурашек.

-Как, и ты мне..., - с максимальной нежностью ответил я, заглядывая в её блестящие глаза. - Я и сам не понял, как простой спор превратился в не односторонний диалог. Думаю, мы с самого начала шли на одной чистоте и до сих пор на ней. Это был некий взрыв. Бессчётное количество звёзд самых разных цветов распустились и медленно расплылись в бесконечном космосе. Взрыв не был слышен, но я его видел... и чувствовал такт бешеного хаоса, что несётся издалека, разнеся все на пути. Она усиливалась и была уже слишком близка. Она была во мне, а я наблюдал я за этим шокирующим шоу как сейчас... в твоих глазах.

После мы лишь смотрели друг другу в глаза. Её блестящие и яркие глаза. Я больше ничего не видел вокруг.

Но игра ностальгии ещё не закончилась, и Джулия первая нарушила нашу тишину и продолжила.

-А потом, после нескольких минут уже более нормального, весёлого и искреннего разговора, мы убежали оттуда. И весь день гуляли по мосту и смотрели на ночные пейзажи. К концу дня я поняла, что кажется втрескалась по полной.

-Как и я. А помнишь, что потом было с твоей под... ладно просто Аллой.

-Как же не помнить, она не зря провела в туалете аж почти 30 минут.

-Самое отвратительное, что после этого ненормального знакомства, они начали встречаться, а после, как и ожидалось, он её бросил.

-Почему-то мне не грустно из-за этого... – рассмеялась Джулия.

-Ну, может потому, что парень был тоньше её в несколько раз и рано или поздно не смог бы вытерпеть тяжесть жизни. – Не сдержался я и тоже расмеялся.

-Она своевольная и ведущая легкомысленный образ жизни девушка, так что, не промолвив и капли слезы, продолжила свою охоту за своим принцем в барах и дальше.

-Да кстати, я её несколько раз ещё видел, в нашем баре. Кажется...

-Ты был прав! – отрезала она меня.

-Про что?

-Те воспоминания... они бесценны.

На момент кто-то будто нажал на паузу. Мы оба улыбнулись. Джулия приклонилась ко мне, затмив за собой весь мир. Словно солнце. Это была Джулия. К чёрту весь мир, если у меня есть солнце! Ее губы приблизились к моим. Трепетание о прошлом расстаяло в симфонии эйфорического поцелуя, который за миг пробудил все те чувства которые таяли на устах. Нежный привкус взрыва, как фонтан ностальгических чувств.

Время что я провёл с ней тогда, оно тоже позже стало для меня чем-то вроде мечты. Бесценным воспоминаем...

Жизнь – огромная касса воспоминаний, откуда почти невозможно достать обратно монету, которая в свою очередь, очень возможно уже заржавела и вышла из оборота.

"Ни один сон не бывает просто сном. "

"С широко закрытыми глазами"

Секунда 10:

Жамевю́[10]

Раздался сильный грохот трепещущего металла. Огромные железные ворота, в размере почти до самой стены передней части прямоугольного амбара, трепыхались и громоздились с наружной стороны, а мы находившиеся внутри могли лишь, улавливая каждую секунду, каждый удар и грохот бежавший хаосным эхо, ждать, и предвкушать неминуемый исход. Амбар был заполнен всякой металлической фигнёй, вроде старых машинных аккумуляторов, в большинстве тракторов, по-моему, именно так, судя по их размерам, сам я конечно никогда раньше не сталкивался с мотором трактора, а может это были устаревшие конструкторы какого-то далеко заброшенного завода, ещё до судного дня. Что ни говори, но алюминия и железных прутьев хоть отбавляй, они весели в воздухе, разъединившись от своих огромных металлических клубков, блестящих ржавой и маслом. Заброшенный склад, где все эти штуки отлично служили нам щитами и тропинками для проведения своей игры на поле боя, так как окрестность мы знали наизусть. Это наша база, и сейчас эти гадёныши добрались до неё. Они ломятся, не щадя ничего под рукой. Врата, что как натиск монстра держали и укрывали нас от мира, самоуничтожающего себя извне этих стен, ревели от боли и предвещали скорую гибель своих прутьев и замков. Грохот становился все сильнее и сильнее, кровь во мне уже кипела пузырьками, и голова горела от ожидания. Глаза застыли на той маленькой щели посередь двух врат, которая с каждым чудовищным ударом чем-то огромным и немыслимо тяжёлым, сдавала все больше и больше света наружу, приклоняясь своим железным весом об песок.

Послышался выстрел, это один из наших выстрелил в дыру посередине. Раздался взрыв цепей и свист скрежещущего металла медленно заполнил весь слух. Солнце ударило об глаза. Врата отворились неожиданно и быстро. Зрение улавливало лишь белый густой свет, и вдруг картина упала на своё место и весь зал заполнился тучей выстрелов со всех сторон. Нельзя было разобрать ни направления врагов, ни их местонахождение, ни даже их выстрелы, все перемешалось. Я дёрнул оружие в руках, ствол направил вперед, за шину меж металлической ограды перед собой и нажал на курок. Адреналин всколыхнул ум, и я, отделив зубы от дуг друга заорал во весь голос. Только вот слышен был лишь неустанный взрыв трепещущих выстрелов перед собой, как взрывной припев рок песни, затмевающий все остальные звуки и гитарист чей ядерный металлический крик гитарой, как выстрелы берут весь слух под контроль и лишь прислушиваясь со всей бдительностью можно услышать барабанщика за ней, а это как тлеющиеся об землю гильзы. Я остановился, когда уже глотка разразилась твёрдым хрипом изнутри, дёрнув ствол обратно ляг за шину. Оружие трепехало красной огненной яростью, ствол аж покраснел. Если бы ладонь соскользнула с рукоятки, кожа бы просто растаяла, приклеившись костями об сплавленный металл. Цепочка патронов была почти закончена, я отбросил её. Пуля влетела прямо между ног, и земля вскрикнула круглой раной, плавясь песком из уколотого места. Пронесло. Я сосредоточился. Нельзя терять не секунды и даже пол секунды. Приставил одним метким и резким движением длинный и дугой магазин, поднёс оружие близко к себе, вцепившись с ним, став одним целым с телом, и рванул с места.

Перестрелка двух банд, группировок, команд, гильдий, да как угодно, не суть, разворачивалась не в нашу сторону. Мы ждали их прихода, но все равно их натиск оказался сильнее чем можно было ожидать, несколько из группировки уже достигли почти до меня, а я находился в нашем участке, что был почти на самом конце амбара.

Заметив врагов, я прицелился, выстрелил, продолжая бег в сторону другого прикрытия. Он был близко, вот почему я устремился в это сторону. Двое врагов залегли под железяки из-за моего перестрельного огня. Я достиг своего пункта, и сразу бросил взгляд на весь зал, аж до ворот. Ситуация была не из лучших, хотя у врагов виднелись потери, но нас сильно прижимали. Я посмотрел на товарища, что был почти об противоположную стену, тот кивнул мне, после того как обвёл периметр взглядом. Я понял. Двое врагов, что скрылись чуть раньше от моих пуль, приближались, я замечал и нутром чуял как они встают на мою тень.

Ну давайте, сволочи, я вас ждал. Именно для этого я встал на этот путь. Ради победы.

Я встал и прыгнул через шину на металлическую преграду, один слева моего прежнего места, поднял голову на верх, но было уже поздно, мой ствол смотрел ему прямо в зрачки. Послышались два выстрела в прыжке, и я скинул с ног его окровавленное тело, прыгнув вниз. Следующий уже заметив мой ход, мог приближаться с любой стороны. Взгляд кинулся с правой стороны земли за угол, на левую и обратно. Песок дёрнулся, тень немножко показалась, и я развернувшись кинулся на спину, тот вскочил молниеносно с левой стороны, взглянув за угол и как только я приземлился на труп его товарища, тот взглядом коснулся меня, а ружье в моих руках взревело на все горло. Гильзы полетели в сторону, а я упал на спину, закружился и скользнул животом к норке, что была в обратном угле амбара и служила нашим потайным ходом отступления. Я вышел из норки, все ещё не веря, что меня не пристрелили пока я карабкался по земле и тёрся об металлические прутья вокруг. Все тело покрылось точками красных пятен и разрезами на одежде. Твёрдый песок и проводы вокруг своё дело сделали. Щекотливая боль ужаснуло все тело, и я направился бежать, дабы хоть как-то заглушить её другим действием. Я бежал вперед быстро и с особым рвением, и вдруг оглянувшись заметил двух других парней, выходящих из щели побега. Наверняка они были моими товарищами, но может быть и нет. Или все же да, они были из товарищей. Меня это не особо волновало, я просто хотел бежать. Я устал.

Наконец я замедлил бег и перешёл на задыхающийся от потери правильного дыхания шаг. Вокруг была пустота, затвердевшая земля, раскалённая жаром, поневоле превратившаяся в пустыню и огромная пустота. Грязный воздух, пыльный и тяжёлый. Я продолжал шагать. Снова. Я снова убежал от всего и пустился в скитанье одиночества. Даже в мире где правит апокалиптические последствия, нет даже наоборот, именно поэтому, да ведь это совсем обычная вещь. Война и разборки между людьми, это ведь классика цивилизации, её неотъемлемая часть, как же без неё. И даже факт того, что люди все ещё могут собираться в некие группы, возможно радует меня, но все же они бесполезны. В конце концов это тщетная попытка наполнить свою предсмертную казнь неким странным и туманным смыслом, как тот, за что отдали жизни те люди сегодняшней перестрелки, неважно с какой стороны. Цель одна, не умереть от голода. В мозгу людей прибит этот пункт в ДНК эволюцией человечества. Как будто в подсознанье вбито, то что умереть от голода, настолько примитивного инстинкта, это стыд и позор и нужно добиться чего-то иного и спрятаться за ней. Это глупо.

Я даже не знаю почему перешёл в ряды этой банды. Может... ведь да, я иногда и забываю, отдавшись своему эго, как и положено всякому человеку, кто остаётся в одиночестве слишком долго, что я тоже человек. А ещё я просто ищу свою смерть, хоть и так настойчиво отказываюсь идти с ней, когда она стоит у порога и зовёт приподнятой рукой. Мне даже уже стыдно перед нею.

Вдруг я заметил скалу. Она была далеко, и картина расплывалась в сумрачном закате, словно горящий чёрный силуэт пред плывущими лучами жестокого солнца. Когда я приблизился ещё ближе, начал видеть человека. Да именно, это парень. Я его встречал и раньше, такой близкий, родной, чем-то знакомый и в то же время такое чувство будто вижу его впервые. Я вижу его снова впервые, стоящего одного недвижно перед старым камнем, на подобии могилы. Верно, ведь это сон.

*****

Вечером, как и было, обещано появился доктор. Поначалу я ему удивился, ведь это был тот самый доктор из больницы, когда я попал в аварию. Но такое ощущение, что встречаюсь с ним впервые, а может впервые в этом сне. Все-таки не следует забывать, что это сон. Тогда, когда я ещё этого не осознавал, не видел странностей. Но сейчас наблюдаю картину в полном виде, зная, что все это всего лишь игра моего воображения, прошлого, настоящего... я привык не удивляться очень странным и примитивным ходам событий.

Нас проводили в комнату с огромным зеркалом на правой стороне. Камера допросов. Мы сидели друг перед другом. Наверняка за нами наблюдали, но мне сейчас нечего не видно, из-за одностороннего зеркала. И вообще меня нечего особо не интересовало. Пусть даже меня повесят, хотя в этот момент в мире полностью исчезли казни во всех странах. И это сейчас меня тоже не удивляет. Все же я с детства не любил такие наказания, так что весьма нормально для меня придумать мир, где подобных методах наказаний больше нет. Все это как сказка. Моя сказка. Ведь я сплю.

Скрестив ноги, я сидел за одним столом напротив доктора. Вся комната была настолько белой, что казалось, будто мы в облаках.

-Вы меня до сих пор не вспомнили?

Ну, да - ты... это я с другим лицом издевающийся над самим собой.

-Нет Док.

-Значит, нужно познакомиться для начала. Меня зовут Шарл, и я ваш личный доктор...

-Давайте просто Док. - Отрезал я его.

-Вы знаете, зачем тут?

-Ну... эээ... понятии не имею.

-Слушайте, давайте прекратим игры.

-А, зачем вы задаёте вопросы, ответы на которые мы оба знаем?! Давайте сразу к делу!

-Хорошо. Вы знаете, когда произошёл тот инцидент?

-Вчера? Сегодня?

Чёрт знает, как летит время во сне. Может для него, это было год назад.

-Неделя!

-Ого-о... - произнёс я.

-А вы не кажетесь удивлённым.

Он что испытывает меня.

-В таком случае я вам расскажу, что произошло после того, как вы потеряли сознание от удара в голову. К счастью вы сильно не пострадали. Маленькие синяки не повод спать целую неделю.

-Спать?

-Конечно. Вы всю неделю не приходили в себя в больнице.

Все ясно. Значит так моё подсознание бросает в атаку тяжёлую артиллерию. Док его козырь. Теперь он будет убеждать меня в том, что это и есть реальный мир, играя на нервах. Когда же все это кончится? Он как капитан-очевидность. Со своей работой весьма хорошо справляется - бесит уже до невыносимости.

-Нашей специальной аппаратурой мы сканировали все ваше тело, и никаких психических или физических болезней не нашли. Но все время вы были неспокойны и нервные импульсы тоже находились в нестабильной сфере радиоволн. Они были слишком уж высоки для простого сна. Могу с уверенностью сказать, что ваш сон был на последней стадии реальности и почти все что вы видели, ощущали, как наяву, на своём теле и в сознании.

-Ну, вообще я думал все сны такие.

-Нет. Обычно сны могут испугать или шокировать, но лишь на маленький промежуток времени – ведь дальше мозг всеми силами старается удалить все лишнее из памяти. А вы помните ваш сон, не так ли?

-Сон?.. Ну...

-Конечно помните. Конечно нет техники чтобы воссоздавать творившее во сне, но с нашими новыми технологиями мы можем многое узнать о положении пациента во время процесса. У вас наверняка проблемы с восприятием реальности и иллюзии.

Ага... так значит, мой альтер эго решил атаковать меня правдой. Если это скажет он, то я сам могу сомневаться в своих убеждениях. Но я сам себя недооцениваю, если думаю, что меня можно обмануть таким дешёвым трюком.

-Знаете Док, давайте на чистоту. Не хотите игр, ладно так и быть. Я все-е знаю... Про вас и этот мир.

-Неужели...

-Думаете не опрометчиво посылать одного и того же доктора, и в больницу, и в тюрьму...

-Вы не помните, но я лечил вас. Так что...

-Хватит! Так суждено в этом мире? Вместо адвоката или кого-то там ещё посылают докторов?! И что я делал в тюрьме, если не оклемался от сна целую неделю? Не странно, а?..

-Вы же проснулись сегодня утром, у вас все ещё происходят...

-Потери памяти? Знаете, я с самого начала хотел вам сказать, что вы очень предсказуемы. Ну а как же. Вы же просто моё воображение. Это даже смешно уже.

-Если все это вам кажется сном...

-Нет, вы не поняли! Вам меня не спутать. Я не буду больше смешивать реальность со сном. Я все воспринимаю чётко!

-Ну, тогда почему вы ещё не проснулись?

-Отлично! Прямо сейчас я это и сделаю, а то больше не могу терпеть этот бессмысленный спор с доктором, говорящим словами моего альтер эго. Это я вас придумал!

-Ну... вперед, – с отвращённой и спокойной улыбкой ответил старпёр, расправив правой рукой вверх.

Хорошо. Все бы отлично, но как мне это сделать. Я опять попал в его ловушку. Я же не могу просто захотеть и проснуться. Если бы это было так просто, он бы не предложил этот вариант.

-Ну и почему же вы не просыпаетесь?

Черт! Никак не могу проснуться. Сколько бы не настраивался. Хватит думать, пора что-то сделать. Нужно задействовать рефлексорные нервы в мозгу, которые продолжают пассивно работать.

-Ладно. Возможно, вы сами этого ещё не понимаете, но после этого вы поверите, что вы - НЕ СУЩЕСТВУЕТЕ.

Я встал, подошёл к зеркалу и наклонился к нему. С моей стороны виден был лишь я сам, но я знаю, что там есть люди.

-Эй, он, что видит нас? – Сказал один из присутствующих, с другой стороны.

-Хм... Нет. Просто притворяется. Парень насмотрелся боевиков. – Ответил вышестоящий по должности.

-Эй, вы что делаете? - вскочил доктор.

-Сейчас увидишь, что настоящий - это Я!

Сразу за этими словами я всеми силами ринулся головой вперед. Удар об твёрдое зеркало. Все завертелось. Меня отбросило назад чудовищным толчком... И сразу же, внезапная молния накрыла и потащила опять во тьму.

Я проснулся.

"Невозможно полностью манипулировать людьми,

     GEORGE KOEMAN

пока они продолжают видеть сны."
<u>Бернард Вербер</u>

Секунда 11:
Акоа́зм[11]

Голова Джулии нежно лежала на моей груди. Её бархатная кожа согревала моё тело своим теплом. Рукой, сквозь пальцы я тихо скользил по её шёлковым волосам. Такие прямые и мягкие, будто в них можно утонуть. Нежное, спокойное, дремлющее дыхание.. Тонкое покрывало накрывало её спину изподтишка. Словно ребёнка укрывала меня собой, как тёплая плюшевая игрушка. Правая нога растянулась по всей кровати, и в цвете лампы казалась идеальной линией, сотворённой на холсте. Ее ресницы, что щекотили меня своей нежностью, закрытые глазки, маленький носик, теплые губы, шёлковые ручки, обворожительные ножки, блестящие пятки, маленькие пальчики... Её сердцебиение, дыхание... и мое, слились воедино.

В последнее время я мало времени провожу с ней и даже меньше звоню из-за того, что вечно копаюсь в мусоре информации про <<Виновника>>, которая все время выходит бесполезной. Я одержим этим делом, пора — это признать.

Искусственная лампа, умела лишь осветлять половину того что находилось в комнате, но отблески показывали полную картину во всех оттенках чёрного и коричневого. Местами проблёскивали и другие цвета, но они меркли в гамме темноты.

Перед кроватью стоял компьютерный стол с удобным, но уже измотанным стулом. Бедняжка, как же я его не щажу, когда погружен в работу. И вращаюсь, и попрыгиваю, и растягиваюсь без совести. Под столом чердаки, наполненные бумажками разных размеров и цветов. В основном это неинтересные, но важные документы что там и должны быть. Второй чердак аж взрывается от этих файлов и бумажки вырываются через проем в двери.

Рядом с кроватью на чердаке лежат тщательно разложенные полки. С первой по третий – книги. На первой мои самые любимые. Там есть Гёте, Кинг, Мураками, Паланик, Уэлш, Акутагава, Бодлер, Роулинг, Харлам... Книги для меня всегда были чем-то более чем просто предмет времяпрепровождения. На второй - не менее мною любимчики, среди которых и те что я ещё не дочитал. А на третьем - книги и документы о криминалистике, методах борьбы с преступниками, законы, психологические сборники учений, словари и т.д...

Этот коридор как частичка меня. С каждой книги, есть что-то во мне. Каждая из них создала что-то, что стало частью меня, моего мировоззрения и характера, стремлений и идеалов. Наверное, если бы мне дали шанс выбрать что бы взять с собой попав на необитаемый остров, я бы без сомнения выбрал бы этот коридор. Уж с ним я не соскучусь никогда. А это мысль мне даже очень понравилась. Взять и свалить на остров играя в Робинзона. Хотя... в конечном итоге здравый смысл бы взял надо мной вверх, и я бы выбрал лодку или топор для выживания.

На полу валялась наша одежда с Джулией. Это уже привычка

В моей комнате ещё много всего, о чём я мог бы думать часами. Например, обои что как будто треском в стене облилась на картине всего этого. Или почему у меня нет кота, я же их так люблю. Но... мне ужасно хочется спать.

Глаза закрывались. Это было так приятно и спокойно. Я влился в нечто райское. Дал себе свободу и освобождение.

Пусть весь этот кошмар растворится в настойке сна. И голова хоть на ночь забудет о том, как меня сегодня унизили, окончательно отстранив от дела. Лучше б, меня совсем уволили... Лучше б... меня убили.

Я ушёл из этого мира.

Я заснул.

*****

Я бежал вверх. Ступени по двое, трое и даже четыре сразу попрыгивал в безумном беге вверх. Я бежал. Это небоскрёб, такой длины лестницы может иметь только огромное и длинное здание. Я бежал. Стены были в сером оттенке, а плывущая картина на глазах, совсем удаляла резкость и свет бегающей спиральной картины. Унылое место, но я продолжаю подниматься. Я бежал. Тело словно ядерное ядро изнутри, излучало теплоту и пот наполнился по всей коже. Мокрый лоб мешал глазам, поливая их каплями. Я бежал. Дыхание сбилось с темпа, в горле пересохло, рот заржавел в открытом состоянии. Я продолжал бежать вверх. Я знаю он там. В этот раз я его точно поймаю. Я это знаю. Я уверен. Я бежал.

Влетел плечом в дверь, потому что сам не осознавая, что нужно остановиться, ноги будто застряли в циркулярном круге, и только тогда я застыл. Передо мной лежал окровавленный женский труп. Это была маленькая почти квадратная комната, стена передо мной буквально отсутствовала. Отсюда сбежал Виновник. Я приблизился к трупу. Ветер кружил занавески на ветру, а белый свет озарял всю внутренность комнаты. Её кровь все ещё продолжала схлёбывать наружу и течь, горячая и живая, ярко красная кровь, блестела от солнечного света. Вдруг меня настигло ужасное чувство, чьё-либо присутствия сзади меня. Я сразу не обернулся. Оно двигалось, и я словно чувствовал его направление и такт. Я обернулся, но никого не оказалось. Оно уже было за моей спиной. Я снова обернулся и увидел кота на тумбочке, стоящего за трупом. Кот вертел своим огромным хвостом, толстый и оранжево коричневый, блестел мне своими зелёными глазами не отворачивая взгляд. Я сделал шаг назад и тот вскочив снова убежал, молниеносно, так что мой взгляд не успел поймать его движения. Я развернулся вокруг себя и осмотрел всю комнату. Где же он теперь? Но его не было. Он исчез.

Напротив, стены двери откуда я ворвался, была ещё одна дверь, ведущая в другую комнату. Я подошёл к ней и осторожно открыл её. Пред глазами открылся вид на комнату по больше, наверняка гостиную, где свет попадал реже. Сейчас комната служила танцполом для простыней и занавесок. Посреди, передо мной, стояла моя мама, а вокруг её тонкого и недвижного тела, с опущенным станом, кружили коты, заглядываясь на меня и тёршись своими толстыми пузами и длинными дугастыми хвостами об её ноги. Медленно... медленно...

Я проснулся.

*****

От своей короткой комы я проснулся во вторник. В среду меня сняли с дела. А со вчерашнего дня я из дома ни на шаг не вступал за парок.

Сегодня снова пятница. Я должен добиться результатов, я не могу все просто бросить, лишь из-за того, что потерпел неудачу и не продвинулся в результатах расследования. Мой босс, тот ещё поддонок, из-за моей травмы, от которой, черт, я уже оправился он просто снял меня с дела, легко и просто. Как будто все в этом мире делается именно так, взмахом карандаша по бумаге, и все мои старания, труд, не высыпания, трата времени и нерв, ставки на кон своё имя детектива и опасность, которая все же достала меня... все просто забылось, да ведь так и суждено было случиться. С конца прошлой недели к нему на временное подчинение перешло целое подразделение, собранное из профессионалов с разных штатов. Конечно, ему уже плевать на меня. А все то, что я делал ранее? Это все. Это мой конец. Неужели... я все потерял. Неужели все ради чего я вступил на этот путь была слава, имя, деньги и чувство что я делаю нечто благородное. Все это лишь сосуды для наполнения своего эго. Это... не то.

Слава – а зачем она мне, я всегда любил быть в тени. И так вёл все свои дела. Эта невидимость - моя фишка.

Имя – на кой черт мне она сдалось. Да, это всем приятно, когда о тебе болтают хорошее, но это всего лишь иллюзия. Стоит однажды тебе провалиться как ты уже ничто, и все эти люди говорят совсем обратное у тебя за спиной. Так как именно сейчас. Меня уже не считают за серьёзного детектива, против <<Виновника>>. <<Он сдулся>>, <<Он сбрендил>>, <<Он жалок>>, - вот что я слышал позавчера в туалете, когда парни из нашей конторы болтая зашли туда. Они не назвали моё имя, но я знаю о ком шла речь. И это тогда, когда я после травмы возвращаюсь в участок, с полным энтузиазмом взяться за дело и не щадить себя, чтобы докопаться до чего-нибудь. Меня вызывает мистер Босс себе в кабинет. Я вхожу с улыбкой на лице, готовый услышать благодарность за свою преданность к работе, за скорое возвращение, и приступание снова к делу, или хотя бы как минимум уведомления, всего лишь формального о моем здоровье. Но, вместо всего этого мне показывают свои вонючие жопы. Я все правильно сделал, что взревел и начал орать во весь голос, да так что все сотрудники услышали через его нору. Не важно, как много ты сделаешь, хватит лишь одного проигрыша и твоё имя останется в списке проигравших, даже после смерти. А вернее такого списка нет, это всего лишь значит, что тебя просто сотрут. Закон джунглей. Закон общества. Закон мира.

Деньги – пфф... даже не стоит об этом думать. Мне на них плевать. Чем больше денег, тем больше потребностей для их траты. А останься однажды без копейки в кармане и почувствуешь себя свободным и все что ты имеешь, даже если все это ничего – тебя будет полностью устраивать.

Благородность дела – иллюзия. Нигде. Нигде! Ни в каком деле нет совершенного благородства или преданности. Мы все делаем подлости чтобы суметь выжить в этом мире и не быть съеденными своими же сородичами. Никто не исключение.

Я сидел за компьютером уже больше шести-семи часов и не нажал ни одну кнопку. Лишь смотрел на зеркальное, искажённое и чёрное отражение себя, в заснувшем экране монитора. Бумаги были разбросаны по всей комнате вихрем и этот бардак аналогично продолжался и в моей голове.

Ещё только вчера

Что мне делать? Как поступить.

Возможно прямо сейчас убийца преследует или соблазняет свою новую жертву. А может у него есть огромный список. Может он мстит за кого-то или за себя. Но девушки? Все жертвы девушки. Все блондинки, длинного роста, красивые и на первой недели беременности. Этого мало. Всего этого мало. Я должен докопаться глубже.

Мотив. Где мотив?!

Я в тупике.

Сегодня. Очень скоро умрёт ещё одна невинная девушка. И вместе с ним никогда не увидит свет её, ещё даже не образовавшийся ребёнок.

Во мне что-то скрутило, и я втиснул зубы. Будто... я чувствовал вину. Я же могу все это остановить. Спасти их. Я могу остановить его. Поймать. Арестовать...

Убить!

В глазах летел туман и на миг я задумался. А зачем мне все это? С чего мне другие? Зачем...

Ход мыслей разрезал звук вызова в мобильном.

Ответил. Я держал трубку у уха и молчал. Меня что-то в конце спросили, но я уже не слышал. Выбежал из комнаты. Стул рухнул в кучу бумаг и как одуванчики они всплыли в комнате, порхая на плаву воздуха.

*****

Его вычислили. Снова. Но на этот раз они решили его не припугнуть, а тактично выследить и напасть в последний момент. Один раз он уже сбегал. Рисковать больше нельзя. Хорошо, что Кил мне был должен с позапрошлого дела, и таким образом, доверив мне секретную информацию отплатил мне сполна.

Это было в ресторане. Пункт назначения где по всему округу было не меньше десяти шпионов. Кто-то над зданием спереди, кто-то сидит в ресторане как клиент, другой на улице притворяется бездомным, следующий делает вид что дремлет в машине...

Они все ждут и следят за ним.

Я стоял перед рестораном в тёмном углу здания спереди. Пытался найти его через прозрачные стёкла ресторана. Где же он?! Там! Я видел лишь спину блондинки, чьи длинные волосы раскатывались по всей шее, спине и падали на стул. А за ней был парень. Его лицо скрывала голова девушки. Отсюда мне его лицо не разглядеть. Они разговаривали, наверно. Они не двигались. Лишь рука девушки поднималась изредка за бокалом. Они чокнулись бокалами. Это точно алкоголь. Это точно... вино. Красное вино. Снова. Он что-то добавляет ко всем им в стакан? Нет. Вскрытия тел отвергли эту теорию. Это всего лишь вино. Безгрешное обычное вино. А ведь когда-то Христос превратил воду в вино. О чём я думаю, блин. Нужно сосредоточится. Мне хочется пойти туда и поймать его. Но... я не могу. Одна обычная пара проводит свой вечер в ресторане и выпивает вино. Сейчас я бессилен. Я могу лишь наблюдать. Главное не поддаваться чувствам. Не поддаваться. Не поддаваться.

Все тело горело от злости. Я как будто нашёл своего самого сильного и несокрушимого врага, которого искал всю жизнь. Будто все что было до этого, многочисленные дела и преступники... они все вели меня к этому моменту. И теперь он так близко. Стоит лишь протянуть руку и... схватить.

Я сжимал кулаки и прятался за стену. Снова. Снова. Я прятался. Снова.

Головой ляг на стену и посмотрел на длинное здание, верхушка которого терялась в звёздах. Как будто она слилась с небом. Она в мраке. Все в мраке. Я... тоже.

Глубоко выдохнув я снова посмотрел за угол. Девушка сидела снова не двигаясь. Вдруг она начала рыться в своей сумке, что была на столе перед ней. Кажется, она ищет свой мобильник. Я напряг взгляд. Она что-то уронила и ставя мобильник на ухо наклонилась подобрать его. Мои глаза застыли прищурено. За ней никого не было. Куда? Где? Как? Когда?

Он исчез.

Где он?

Отчаяние и паника разбушевались. Я снова потерян. Где все следователи? Они что заснули? Как они могли пропустить его.

Но... стойте. Может никто ещё не сделал шаг, потому что, тот пошёл в туалет. Наверняка кто-то последовал за ним, или следит со стороны чтобы не привлечь внимания. Да наверняка. Все схвачено, нужно успокоиться. На этот раз мы его не упустим, и он за все ответит. За убийства. Здесь везде камеры, хотя и в прошлые разы его это не останавливало, и мы не находили кусочки с записей из некоторых баров и ресторанов исследуя каждое новое убийство. Может камеры уже отключены? Это не важно. Главное дождаться, когда он вернётся. Очень внимательно продолжать наблюдать, и я точно увижу его лицо пока снова не присядет за стол.

Главное ждать. Внимательнее. Смотреть. Ждать. Терпение. Ждать. Ждать.

Секунды что текли были захвачены в плен моими взбесившимися чувствами. Я как будто умолял время течь быстрее. Но оно всегда так. Оно безжалостно останавливается, когда нам так нужно будущее, и улетает, когда нам приятно настоящее.

Нервы лопались от нетерпения. А глаза разболелись от сверх сосредоточенности.

Вздох...

Выдох...

Вздох...

Выдох...

Опять.

Вздох.

Выход.

Снова кто-то дышит мне в затылок.

Вздох. Выдох. Вздох.

Сейчас не время.

Выдох.

Исчезни.

Не сейчас. Только не сейчас!

Вздох! Выдох! Вздох-выдох!

Близко. Уже слишком близко. Я чувствую чуть тёплый пар, бьющий об ухо и растворяющийся скользя по щеке и волосам.

Вздох! Выдох! Вздох!

Хватит. Не сейчас, черт!

Долгий выдох!

Я обернулся в бешеном гневе чтобы встретиться лицом к лицу с ним.

Лишь мрак.

Развернулся опять в сторону ресторана. Страх что я мог пропустить снова его появление и шанс увидеть лицо, словно замедляющим механизмом сдерживало мою голову во время вращения.

Никого. Девушка все еще одна. Она подобрала помаду, закончила разговор и убрала телефон снова в сумочку.

Все нормально. Все спокойно.

Вздох!

Выдох!

-Снова?! – закричал я обернувшись опять.

Во тьме чьи-то глаза, на дюйм от моих, разгорались огнём пристально всматриваясь, словно... в душу.

Тело замерло. Рот открывшись завис. Я онемел. На следующий миг меня потянуло и швырнуло вперед. Больно закружив на ней, я сильно треснулся об большой мусорный контейнер, толкнув её, упал уткнувшись спиной на стену. В голове бушевали взрывы и трескались мысли. Я посмотрел вперед.

Чья-то нога ударом вонзилась в живот и боль волной выплеснулась изо рта.

Я задыхаюсь! Не могу дышать. Боль словно клинком застряла в животе. Не могу пошевелиться.

Нога отступила. Мне не лучше. Я окончательно размяк, склонив лоб на асфальт. Изо рта все ещё выливалась жидкая жижа и катилась по щеке и шее. Не мог посмотреть вверх. Глаза плыли где-то далеко. Все стало темным до последней точки. Боль не отступала. Я выкашлял комок крови, что застряла в лёгких и воздух снова поступил внутрь. Снова ожил. Руками поднимая себя попытался встать. Я ни о чём не думал. Инстинкт самосохранения отклонил все запросы мозга и единственное что он мучился привести в порядок, работу дыхания и тела.

Я встал.

Спереди стоял он. Это он. Это точно он.

Лишь округи одежды виделись во мраке, а лицо полностью тонуло в темноте. Я видел лишь силуэт мужчины моего роста, стоявшего в шаге от меня.

Спокойствие. Чувства приходили в порядок. Лишь огромная дыра в теле как опухль болела и напоминала пойманный удар секундами ранее.

Ни звука.

Ни движений.

Ничего.

Лишь я, он и мрак, проглотивший нас.

Теперь мозг начал работать. Сейчас время...

Я медленно моргнул. Сонный, усталый, будто страдающий от бессонницы, но на самом деле перегруженный переизбытком сна и отдыха. Гнев, злость, мрак... внутри.

Глаза заблестели, и я бросился вперед как хищник.

Хватит ему спать. Пора просыпаться. Пора... показать миру свою тёмную сторону.

Тот быстро среагировал. Мы схватились друг за друга. Ладонь к ладони! Я толкал и тянул, пытаясь захватить нужный момент врасплох. Зубы тёрлись об друг друга и скрипели. Мы брыкались в этой кромешной тьме. Подножка! Я его поймал. ДА! Он потерял равновесие и начал падать на спину. Тянет. Не отпускает. Мягкая посадка. Пыль ударила в ноздри, чуть приподнял себя, присев на нем, не давая шансов брыкаться. Выхватил шею. А он мою. Почувствовал пары пальцев вонзающиеся вглубь глотки. Боль как растекающаяся по венам доза начала пытать. Другой рукой я сопротивляясь добрался до его лица и начал сдавливать ладонью. Моя шея зажалась сильнее и боль притупила мысли.

Отпусти! Перестань! ХВАТИТ!

Я не могу дышать. Кулак зажимается сильнее с каждой секундой. Его схватка и моя. Вторая рука толкает моё лицо сдавливая нос и пытаясь добраться пальцами до глаз. Моя рука тоже пытается делать нечто подобное, хотя сейчас я её не вижу. Взгляд убежал куда-то вверх от боли и нехватки кислорода. Его пальцы добираются до моего глаза растягивая кожу. Я закрываю левый глаз крепко накрепко. Воздух заканчивается совсем. Мир кружиться.

Неужели... я даже не увижу его лицо. Того, кто меня убил. Моя рука, что душит его, теряет схватку и я чувствую резкую потерю сил. Другая рука выскальзывает с его лица, скользнув по щеке и ударяет об асфальт - отдавив пальцы. Он захватывает мои волосы пальцами, как вилкой. Миллион игл словно разом давят мозг.

Резко толкает мою голову вниз и назад при этом не отпуская шею другой рукой и приподнимая свою голову. Наши лбы сходятся.

Я смотрю в свои глаза через его глазницы. Я слышу его дыхание и даже мурашки что катятся по его телу. Адреналин, боль и... удовольствие отражаются на адской улыбке и оскаливших зубах.

Маленький лучик света что летает в воздухе помогает мне наконец увидеть его. Его всего. Лицо... Сущность...

Что-то во мне кричит, не слыша собственного голоса и разбрасываясь слюной ему в лицо:

-Я всегда знал, что это ты. - Крик рвётся наружу с особо жадной яростью и бешенством. - Я всегда! Знал!

А потом тихий шёпот внутри.

Невозможно. Кто он? Нет. Нет. Этого быть не может.

Крик задыхается где-то на глубине отчаяния. Страх распускается разукрашивая все своим цветом. Абсурд нагнетает разум и раскатывает до сумасшествия. Мир растекается как тающий красный лёд, и я уже не знаю...

Где я, зачем, почему, ради чего...

Воздух...

Кто я?! Что я?..

... не понимаю.

Воздуха мне!

Глубина окутывает своими лапами гнили и смерть прижимает к колючему, но тёплому сердцу.

Буль!..

> *"Спать — хорошо,*
> *умереть — ещё лучше,*
> *а лучше всего — не родиться вообще. "*
> <u>Генрих Гейне</u>

Часть 3:
Виновник

Секунда 12/15:
Эпопея[12]

Я проснулся.

Передо мной сидела шикарная девушка, с роскошной, математически начертанной талией, с желтовистыми волосами под кончики, переплетающиеся в маленькие кружева. Она, медленно играя своими ярко розовыми ноготками со стеклянным бокалом вина, и слабо вибрируя темно красное вино под ней, смотрела мне прямо в глаза. Думали ли она когда-нибудь о смерти. О том, как она может постучаться в дверь. Приходило ли ей в голову когда-нибудь, какой будет её судьба в финальный акт для её времени на этом свете. А о убийстве? Желала ли она когда-нибудь, убить кого-нибудь... по-настоящему.

Знаете, на что похоже убийство?.. сам его акт, действие, сама её структура, тот самый вулканический момент извержения лавы, когда внутри все бурлит и готово вот-вот полететь к чёрту... это как секс. Или даже нет, ещё больше схоже с мастурбацией. Да именно, самая обычная дрочка. В самом акте ты правитель, диктатор, ты сам козырь, манипулятор, руководитель, директор, приказчик, главарь, ты вершитель своей самой последней горячей в жерле вулкана мысли и не до-мысли, что все это время спало внутри, далеко под корой. Ты сам решаешь, когда, кто, где, зачем, и в каком-то смысле, в какой-то момент тебе плевать на все это, ведь главное это желание. Оно приходит, и ты сам становишься им.

Оно овладевает тобой, с твоего признательного позволения. Оно счастливо, и ты тоже. Вулкан счастлив, и лава тоже. А все что извне неё, уже не важно. Деревья, скалы, реки, озера, скоты и люди, целые леса и города и страны, все это ни важно, потому что лава бурлит пузырьками и отпускает пар, наполняющий лёгкие другого вулкана изнутри, разогревая старые стены, кожура начинает возрождаться, и воля становиться уже не лавы, а самого вулкана. В этот момент правитель, глава и шеф - это уже вулкан. Это я. Игра началась.

Ты выбираешь жертву, вы разговариваете, ты и так знал, что наверняка её выберешь, раз уж дошло до этого и ты подошёл к ней, до этого ты ещё многое сделал, перед тем как вступить на последний этап экзамена своего нового клиента. Вы шагаете и разговор тянется длиннее, так же, как и улицы города, коридор отеля или танцплощадка в ресторан-баре. Тебе нравится, как искусно она обманывает саму себя, хотя сам не менее искусно добиваешься доверия, тем что сам обманываешься, оставляя крошечный вопросительный и шипещавый не раскрытый кусок себя, для разогрева интересности жертвы. Она уже в капкане, полностью попавшаяся в паутину, но паутина очень тонкая и нежная, она даже почти невидима, жертва даже на знает, что уже нет шансов на побег, ведь и самого капкана она не видит, ей то кажется, что она сама поймала свою дичь, в свою маленькую наивную и розовую паутину. А сама заплутала в маленьком интеллектуальном лабиринте, скомканном из опьянённых эмоций, и просто плывёт по течению, все ещё потерянная в тщеславии. Пауку нравится эта игра, это весело, это как жизнь. Дальше всего лишь нужно улыбаться. Во взрослой жизни, всем приходиться улыбаться, так что это само собой не требует особых затрат на энергию игры. Ты и так уже обучен этой старой, как мир неписанному закону общественного принятия и выживания, так что тут ты уже побеждаешь лишь, придерживая своё преимущество. Вулкан нагревается. Это первая стадия, самая искусная и красивая игра пролога, предыстории, и главные герои уже ясны и понятны. Роли выданы, игра продолжается, медленно, как кипящая вода в кастрюле на газовой плите, и точно так же как она начинает бурлить, как вулкан стихает перед взрывом, тут тоже пролог длится кажется даже долго, но в какой-то момент все части спектакля остаются не доигранными и в силу ступает кульминация, финал, конец, эпопея, катарсис, разрыв шквала страстей и взрыв эмоционального заряда.

В момент бесшумия, затишья перед бурей, который продлится секунды, когда лишь слышен вой ветра, когда вода в кастрюле затихает, когда вулкан молчит и вибрирует снизу вверх, когда глаза падают внутрь вверх орбитой, когда оргазм настигает все чувства по телу и движение останавливается в преддверии приближающегося за последние ворота райского конца, божественного итога, вольного и свободного импульса природной ни контролируемой силы неограниченный запасом жизненной энергии, когда она глядит на меня, в глаза, и во взгляде видится мой лик, мой настоящий лик, лик что скрывается за кулисами, и внутрь пробивается мёртвый холод по зрачкам , и на лице отражается тот миллисекундный лик понимающего и постигшего гения смертельно замершего в неистовом ужасе и замедленном, аж до обездвиженного припадка, цепенящего истерический треск души и сознания - именно тогда происходит та самая эпопея, катарсис, взрыв жерла вулкана и лава взлетает до небесных облаков, затмив свет капель звёзд и всколыхнув свои красные капли по свету в медленном парировании, как в танго в красном платье и чёрном костюме под свет прожекторов, затмевающийся сплетёнными телами страстных возлюбленных, накинув свой злобный ужас на жизнь под собой; именно тогда вода в кастрюле поднимается вверх и пробивается по углам алюминиевой крышки, падая и туша огонь под собой, наполняя горячим паром вокруг да около и обнимая кастрюлю с разных сторон сбежавших разъярённых беженцев, именно тогда семя жизни вылетает из узкой норы, пробивается из дупла, разжигается огнём из ствола, бьётся извне фонтана, и счастье озаряет весь мир на райский приток наслаждения; именно тогда удар пронзает её голову до основания мозговой коры и кость трещит; именно тогда она проглатывает кровавый всплеск крика и содрогается на полу как сломанный, упавший манекен; именно в тот самый момент она пробивается неистовым страхом и шоком, заманивая этой своей энергией твои жилы и ты ловишь весь тот непередаваемый аромат жизни на грани безумия в её глазах и пробиваешься пламенем божественного могущества, и даже больше; именно тогда она кричит и умоляет, задыхается от силы твоих рук на её шее, проглатывая и облив саму себя жерлом фонтана крови, бьющего из под треснувшей земли в ядре главной жизненной части, твоим всемогущим взмахом ярости, пробивающий её аж до костей и рождающий землетрясенья по всему позвоночнику, огонь тухнет и жизнь покидает её зрачки, газ начинает наполнять комнату , вода из кастрюли продолжает стекать по её задымленным внешним стенам, а лава проливается вниз по кустам, деревьям и лесам, затихают и испаряются реки на её пути: блеснув порохом в ветер, фонтан затухающей крови льётся по её бёдрам - до стоп и стекает на земь, сперма истощает свои запасы и блеётся остатками капель; именно в тот самый момент, в тот предрешённый мной, тот заключительный, самый важный, тот роковой момент: в её взгляде я вижу последнюю каплю из жерла вулкана спадающую наружу, её глаза заливаются холодным паром внутри и пыль спадает на всю окрестность, именно этот взгляд - награда за все старания и труд.

Теперь же, когда ты подрочил, сексуальный акт закончен, ты кончил, вулкан исчерпал свой запас лавы и успокоился, а вода в кастрюле тихо спустилась на дно, ты смотришь на окровавленное и проткнутое тело женщины, задохнувшейся в собственной кровавой блевоте, кровь застывает, лава остывает, вода охладевает, а сперма залипает, и тогда... это невыносимо отвратительно и неинтересно. Какая-то глупость, игра не стоила свеч... в жизни все именно, точно так же. Занавес. Первый акт окончен.

Но все это бессмысленно, для неё конечно, что продолжает заманивать меня своими женскими чарами, флиртуя своими огромными и темными, поставными ресницами. Думать об убийстве ей? Вряд ли...

Зазвенел телефон. Звук был приглушен. Она начала рыться в сумке.

Я посмотрел на неё через плечо, и отключил вызов с неизвестного номера. Я увидел его силуэт через стеклянный занавес. Он двинулся. Он заметил.

Самое время. Наконец-то я встречусь с ним, нельзя больше откладывать нашу встречу. Пора мне уже разобраться со своей главной проблемой.

Я спрятал телефон в карман и посмотрел вперед. И снова взгляд коснулся его. Парень, что, наклонив голову стоял перед могилой, все ещё был там. Он всегда был там, чтобы не случилось. Он всегда стоял и не двигался. Как статуя. Как Хатико. Как память. Я проходил этот путь уже не один сотый раз, и каждый раз замечая его мне казалось, что в нем есть что-то... феноменальное... мистическое... Он меня интересовал... Куда бы я не пошёл меня всегда приводило к этой картине - мёртвая тишина и туманная атмосфера. Только теперь я понял, что возможно он и есть ключ к разгадке моего лабиринта. Никогда раньше я не находил волю в себе подойти к нему и узнать в чем же дело. В чем его грусть, трагедия, скорбь. Почему он несчастен, избит жизнью и выбрал себе это место как наказание проклятого.

Но в этот раз я подошёл. А ведь это было так просто. Я приближался к нему и не чувствовал себя иначе чем раньше. Это было так легко – сделать шаг к нему и приблизиться.

Я встал рядом с ним. Я открыл рот.

И закрыл.

-Не знаю, что сказать.

-Расскажите все.

- Знаете доктор и моему терпению есть предел. Я вам уже сутки рассказываю, в мельчайших подробностях свою жизнь за последние дни...

-Но вы не сказали главного.

-И что это?

-А вы как думаете?

-Вы снова играете со мной. Это ведь вы дали мне повод усомниться в реальности. Поэтому подсознательно я в каком-то смысле начал верить, что это реальность, что и сделало, так что я никак не могу проснуться.

-Но я же вас не держу в цепях.

-Хм... Я вам скажу, как все будет дальше... Вы, сейчас начнёте все разбирать по кусочкам и находить в моей истории нереальные вещи. Как только вы скажете что-то очень абсурдное, что даже вас не убедит... тогда, все здесь застрянет как в зависающей плёнке киноленты и я проснусь от этого сна раз и навсегда. Тогда я больше никогда не буду иметь никакие проблемы с восприятием реальности, ведь... Вы сами сейчас почините сломавшую деталь в моем мозгу Док. А точнее - я.

-Занятно, раз вы так убеждены и говорите очень серьёзно и искренне - я не буду бегать вокруг да около и сразу перейду к корню вашей проблемы. Хотя... в конце вы сами будете смеяться над вашими же словами.

- Неужели?

- Именно.

-Конца не будет! У снов никогда нет конца. Они как фильмы с незавершённым монтажом. Лишь разбросанные сцены - начинаются из неоткуда и так же прерываются другим куском.

Но... я слушаю. – сказал я доктору, сидящему напротив стола, в той самой комнате допроса, где мы заперты уже черт знает какое время.

-И так... откуда же мне начать? Давайте обсудим все по отдельности. Вы говорили, что вы детектив... И довольно хороший.

-Это не я себя захваливаю. Спросите у моих коллег, работников отдела...

-Конечно. А вот моя точка зрения. Наверняка вы придумывали лёгкие дела и с лёгкостью раскрывали их. Конечно, если все будет очень легко, вам будет скучно и не понравится лёгкая победа. Так что вы создали иллюзию, что они очень сложные и не могли раскрыть их сразу. Вы стали популярным и даже, по вашим словам, лучшим в штате.

-Одним из лучших.

-Одним? Вот и причина.

-Причина чего?

-Любой герой в своих фантазиях побеждает всех своих врагов, но не слишком легко. Каждый начинает с низа и добирается до самых вершин. Но любому в конце нужен главный наисильнейший противник, которого одолеть очень сложно и мучительно. Вы придумали этого персонажа. Подумайте сами - ведь из вашего рассказа понятно, что он ну очень неуловимый. Как невидимка - не следов и никаких улик. Вы его даже не видели. Мотив непонятен, и даже невозможна разгадка. Все должно происходить медленно и интригующе, вас сняли с дела, маленькое поражение, упадок, а потом, чтобы в конце, когда вы победите – в вашем случае раскроете "Виновника" и посадите... что будет?

Я молчал.

-Конечно, вы знаете! Мечта любого героя - победить наизлейшего своего врага и стать номером один. Вы бы стали лучшим детективом в штате. Хеппи Энд.

-Мне просто попалось это дело и все.

- Просто случайность.

- Да, случайность. И мой этакий упадок, тоже череда обстоятельств. Один из работающих прибывший с другого города был мне знаком с колледжа. Его зовут Семью. Он знал, что мне очень интересны ненормальные дела. Но этого было бы мало чтобы пойти на профессиональный риск и подать на блюдечке секретную информацию о тайной слежке отдела, в состав которой я не входил и не имел права вмешиваться в их деятельность, так как расследование перешло на новый уровень. Так вот, он мне позвонил, когда операцию должны были начинать, я узнал, где произойдёт главная поимка и начал действовать. Мне просто повезло увидеть его тень, скрывающейся под окном в подъезде, когда я только прибыл и рассматривал все - снизу. Я помчался на это место. Я бежал со всех ног. Вскоре начал догонять его и... знаете, я пострадал и очень сильно. Не думаете – что я бы не хотел получать такой психический и физический удар, а... просто поймал бы его, будь это лишь моим вымыслом.

-Вы говорили, что я сам выдам себя, но послушайте себя. Вы прибыли на это место и увидели его тень? - Док откинул ногу на ногу и продолжил. - Признаюсь, такое возможно. Но где были те десятки сотрудников, в то время? И почему вы сразу не доложили?

-Он убежал через крышу на другой небоскрёб, они искали в ложном месте. Я не мог доложить, ведь официально... да меня там вообще не должно было быть. И вообще я тогда даже не подумал об этом, я просто... увидел его и захотел сам поймать. Он был... ну...

-Твоим личным врагом.

-Называйте это, как хотите. Но он крутил мною больше месяца, и я просто не мог его не поймать. Все произошло слишком быстро. – Гнев кипел в голосе.

-Поймать убийцу, когда ты не в деле и прославиться? Сценарий не знаком случаем? А твоё падение? Тебе не показалось это... Ну, уже на что-то похожим. Скажем такие моменты, когда героя спасали в последнюю секунду... ты уже мог встретить в многих фильмах.

-Вообще-то да... Но как говориться и чудеса происходят.

-Только с теми, кто в них верит. – Ответил Шарль.

-Хм... Неужели вы, выбрали первую эту часть, потому что в нем много везения.... И, конечно же, над везением можно вдоволь посмеяться и сказать, что это – невозможно. Скажу честно, вы меня не убедили ни сколько! Никто не знает, почему что-то происходит так или иначе. Чтобы случилось, если бы мы выбрали другой путь?! Ко всему можно придираться, но истинна в том, что вы лишь сказали методы других видов сценария и всего-то.

-Ну ладно, давайте поговорим о вашей девушке.

-Ну, отлично, а то я думал, вы захотите убежать от этого разговора - о Джулии. Ведь про неё то вообще нечего придумать.

-Истину не придумывают. И конечно, истина в большинстве более не правдоподобна и не приятна, чем иллюзия, которая так сладка. Она манит. Она как наркотик, которым люди питаются.

-Ага. И что же вы про неё скажите?

-Из того что вы рассказали я могу сосредоточиться на вашем знакомстве.

-Что именно?

-Начнём с того как вы с друзьями сидели в баре, обсуждали...

-Ха! Но я, же вам про это не рассказывал... Хм... Ха-ха-ха! Вот и вы выдали себя Док. Говорите о том, чего я не упоми...

-Я прочёл вашу последнюю книгу. Скорее говоря, то, что ещё написано - черновик.

-Ну... Признаю, ловко выкрутились.

-Как я понял, вы почти каждый день вели в этой книге что-то вроде дневника. Но сами не осознавали, что пишите свои сны, а не придумываете их.

-А мои другие книги? Что в них? Целые романы... Могу поклясться там лишь куча несобранных букв, ну... а может там тоже дневники про мою реальную жизнь.

-Потом перечтёте. Давайте продолжим, на чём мы остановились.

-Хорошо.

Снова тот же кадр, тот же диалог. Снова дежавю.

Его безмятежный взгляд и полная уверенность склоняли мою решимость. Его глаза, спокойные до тошноты. Он все время смотрел мне прямо в глаза, будто он и не моргает.

-И так в тот день, вы поспорили с друзьями. И как неопытный парень решились на храбрость. Как только вы подошли, некрасивая подруга ушла, не вернулась и не помешала больше вам в тот день. А ещё, может ли что Джулия была самой красивой из всех девушек в тот вечер во всем баре? И она вам сразу понравилась. Любовь с первого взгляда... да и взаимная...

-Так, хватит! Вы просто испытываете моё терпение. То, что вы говорите совсем нелепо и мне даже кажется, что вы завидуете мне.

-Нет, я совершенно...

-Переходим к следующей теме. Давайте свой козырь Док. Я же вижу, что вы не из робкой десятки.

-Ладно, только держитесь крепче, я буду краток и понятен. – Он окрестил ноги и скрипом стула подался вперед.

-Наконец-то...

-Марк и Маркус!

-Ну вот, опя-ять... Что вы все время придираетесь к мелочам. Вы сами понимаете, что это просто совпадение.

-Жизнь строится на этих самых мелочах. И вам не кажется, что слишком много совпадений в вашей жизни? Или вы таким образом, оправдываете свой самообман? А может вы просто придумали идеального друга, которому дали своё же укороченное имя, чтобы вы больше были похожи.

-Да мы вообще на разных частотах.

-Конечно, ведь только так вы можете быть очень хорошими друзьями. Во множестве случаев человек просто не может сдружиться с похожим на себя. А у людей с разными характерами всегда есть, о чём поспорить, поговорить или рассказать друг другу. Это как плюс и минус. Инь и Ян. Дополнение друг другу. Конечно, они найдут и много общего... у вас не такая дружба?

-ЧЕРТ ПОДЕРИ! Я уже выхожу из себя. На этом грёбаном шаре у всех нормальных друзей такие отношения. Чё-ёрт, когда же я проснусь.

-Успокойтесь, пожалуйста. Давайте лучше поговорим о преследованиях и помутнениях в вашем разуме.

-Отлично! Теперь вы скажете, что я просто псих. – Начал выходить уже из себя.

-Я же уже говорил, у вас есть проблемы в восприятии реальности и иллюзий. Но это не делает вас психом. И так. Кто по-вашему преследовал вас, когда вы возвращались с редакции?

-А мне то, почём знать? Я же попал под машину, до того, как смог это выяснить.

-А что, если я скажу, что никто вас и не преследовал.

Всколыхнул огромный взрыв. Я обернулся. Звук был далёк, но пробежался штурмом вокруг меня.

Скалы и горы разлетались на обломки. Словно от ядерных бомб взрывные волны разрушали их изнутри и кидали на все четыре стороны. Раскалываясь с основания до самой вершины, по очереди взрывались в адской симфонии. Струя уничтожения непрестанно продолжала рушить и разбрасывать на куски все на своём пути.

Земля содрогалась и блевалась внутренностями. Словно пятибалльное землетрясение, трясся все живое и искусственное. Деревья валило как спички, сотнями за один толчок, обламываясь друг на друга и продолжая цепочку самоуничтожения. Капли земли почти парили из-за неустанно бьющихся волн, что как смерчи или змеи с размером в город двигались под почвой. Все живое погружалось в небытье, под симфонию самоуничтожающегося хаоса.

Небо скатывалось и облака таяли как лёд на солнце.

Резко все небо затемнело, грохоты и взрывы закончились и постучал сумасшедший дождь, чьи капли как из железа били все вокруг. Каждая капля вонзалась в землю и рождало в ней огромные дыры. Деревья и ветки хлопались под каждой каплей, словно кислота лилась с небес.

Самоуничтожение не прекращалось ещё очень долго.

Я шёл вперед под дождь что на удивление кроме адской боли не причиняло серьёзных и смертельных ранений.

Да, я все ещё продолжаю идти думая, что иду верно. Хотя уже давно потерял уверенность - вперед ли меня ведёт этот путь или назад, к свету или во тьму. Но ответа все равно не существует. Я просто продолжаю сопротивляться неизбежному. Пытаюсь.

Вдруг под землёй стало слишком мягко и сразу же все под ногами треснув обломилось. С ужасным криком я скатился в бездну.

Камни и обломки земли тёрли моё тело со всех сторон, превращая кожу в сгусток кровавого теста. В нос что-то сильно треснуло и крик застрял в горле. Меня начало душить собственное тело.

Воздуха мне. Воздуха!

Вокруг лишь бесконечное течение что несёт вниз и эта угрожающая тьма, что проглотило все. Воздух окончательно перестал поступать в лёгкие, словно оно закончилось, и я окаменел.

Нет.

Нет!

Не хочу подыхать в таких мучениях. Хочу сам решить, как мне умереть.

Лишь исчезающий тонкий свет с самого верха напоминал, что я ещё жив.

Там в этом свете я видел человека, стоящего на скале. Парень, опустивший голову словно мёртвый. Никакого движения, словно и дышать он перестал. Перед ним была могила, на кресте которого были написаны четыре буквы.

Их нельзя было разобрать, гниль и время хорошенько намучили ее, обколотив ранами и заплетав свою же вину под плет отравной травы.

Мне стало жалко парня. Я сделал шаг к нему и положил ладонь ему на плечо. Но тот ни дал никакого отклика. Даже не поднял голову и не посмотрел назад.

Вдруг по всему моему телу с ног до самой макушки головы побежала стая мурашек. В этот момент я понял, что он не настоящий. В смысле он казался живым, но на самом деле в нем не было нечего живого. Как статуя, замёрзший на месте, и кто знает сколько уже так простоявший. Возможно когда-то он был человеком. Но теперь, всего лишь напоминание о чём-то.

Горло пересохло.

Иногда, проснувшись я могу поклястся что, только что жил. Жил где-то в другом мире. Там где я бывал, уже не раз. Там где все столь же реально, как в этом.

Тик-Так.

Да я же там...

Тик...

Забываю...

...

-И так, что сегодня будет обсуждать клуб любителей?

-Я думаю...

-Может фильмы?

-О! А на чем мы остановились в прошлый раз, по поводу фильмов?

-Кажется...

Дэвид завис после этого слова. В момент, когда вся компания вытаращила на него глаза и ждала ответа - он, склонил голову и не мог продолжить. А мы нарочно поддакивали его. И тут Сид внезапно сказал:

-А ведь точно... Мы остановились на том, какой фильм...

-Кристофера Нолана лучше! - Перебивая, продолжил я.

Мы всей компанией были в "нашем" баре "White Seven". Было уже темно, как и всегда, когда мы собирались.

-Думаю не следует судить эти фильмы, ведь каждый из них хорош по-своему. – Озвучил свои мысли я. - Да и Кристофер еще возможно много шедевров успеет наснимать, так, что рано говорить о лучшем его произведении.

Все опустили головы и начали вздыхать и фыркать.

-Ну почему? – Кинулся на меня Марк. – Почему ты хоть раз не можешь не обломать кайф. Мы ведь нашли такую классную тему для спора, а ты взял и все решил, так что сейчас даже спорить не охота.

-А ведь все же, почему ты решил сделать собрание клуба любителей именно сегодня? - Выпивая свое пиво, сказала Джулия, закинувшаяся головой на мое плечо. – Сегодня же не воскресенье.

-Ну... - все слушали, попивая остатки первых бутылок, - мы же назвали себя клубом любителей, потому что не хотели на чем-то конкретном зависать. Вместо этого решили попробовать все. Так что попробовать собраться не в воскресенье, как мы делаем всегда - тоже нужно было попробовать.

Почему-то все стали пассивнее и каждый думал о своем.

-А если честно... я просто хотел увидеть вас прямо сегодня - поговорить, развлечься, напиться вместе с вами.

-Так-то лучше! А то я думал ты стал в последнее время уж очень мудрить. - Улыбаясь, поддержал меня Марк. – Так что? Уже решили тему?! – он поднялся, и его выкрики помогли настроить веселую атмосферу. У него это всегда легко получалось. Крики, смехи... все возобновилось.

Проснувшись сегодня, я много думал. Думал не переставая. В конечном итоге забросил на все и решил, что единственное, что мне поможет - это мои друзья и любимая. Самые близкие мне люди. Я просто захотел их увидеть и все!

-Ну, тогда давайте начнем с самых любимых фильмов. – Предложил Дэвид.

-Но это довольно сложно... - сказал Артур.

-Да уж... Выбрать одно единственное из всех фильмов дело сложное, даже для человека, знающего всегда, чего он хочет. – Поддержал Марк.

-Ну, уж постарайтесь, - настоял Дэвид.

-Окей, я начинаю, - сказал Артур. - Сначала вспоминается "Запрещенный Прием", на днях смотрел. Он вообще не в моем жанре, но очень понравился.

Комментарии рассыпались с разных сторон как помидоры и цветы на сцену.

-Зак показал себя превосходно.

- Следующий! – Поддерживал настойчиво свою идею Дэвид.

-Ладно, сейчас я! – Сразу заорал Марк, как только понял, что место главного рассказчика свободно. – Для начала отмечу главные VIP-ы из моего списка, - "Зеленая миля" и "Бойцовский клуб".

-Реально мужские фильмы. – сказал Сид.

-А мне "Зеленая миля" не понравилась. – сказал Дэвид.

-На то и шедевр, чтоб каждым тупицам не нравилось. – взбесился Марк.

-Че? Да знаешь...

-Эй, стоп, я еще не закончил. – хотел продолжить Марк, но Дэвид снова похватился останавливать возбудившихся участников.

-Ты кажись уже не в теме, так что следующий я. И так, "Гладиатор", "Револьвер", "Законопослушный гражданин" и "Особо опасен". – Сказал Дэвид быстро в спешке, так чтобы никто не сумел перебить.

Как только закончил, все на минуту затихли и сразу буря разбушевалась на жулика Дэвида. Тот же заглох под собственным несдержанным смехом.

-А я? Мне нравятся "Матрица", "Начало"...

-О "Матрица"! Наконец, о нем вспомнили, - вступился Сид.

-Фантасмагория для любителей теорий заговоров и подобной чуши про зелёных человечков.

-Откуда они вообще тут роком?

-Все эти любители зелёной трилогии...

-Да как-то уже не то смотрится он.

-Что вы вообще понимаете, знаете, чему стоили сьёмки.

Разговор уже перешёл в сумасбродный спор, где каждый быстро выкрикивал что-то своё и старался перебить соперника, и уже не разобрать кто что мелит.

-А может дадите слово даме, - сказал я, но меня даже не услышали. - Они не излечимы, - обратился я шепотом к Джулии.

-Ха! Я уже привыкла к этому.

-Неужели? – сказал я, глядя на нее.

-Да это даже веселее чем вечно с друг другом согласные люди, которые боятся сказать свое мнение, чтобы не обидеть партнера.

Голова Джулии лежала на моем плече и ее круглые и темные зрачки в этот момент углубились прямо в мои. Она смотрела, подняв немножко голову, а я лишь думал о том, что, каждый день она прекраснее чем вчерашний.

-Да уж, ты права. Никто не обижается и не принимает все слишком серьезно. В этом и все мы.

-Точно! – улыбнулась в знак согласия Джулия и быстро поцеловала меня в щеку. А после, как будто помчалась в бой.

-А теперь моя очередь, черт возьми!..

Спор длился очень долго. И через около тридцати минут все отдыхали, чуть ли не лежа на своих местах. На столе катались дюжины пустых бутылок и пару мятых пачек сигарет. По большей части мы просто напивались и всего-то.

Все успокоились, и теперь никто больше не хотел спорить. Ноо вечер только начинался. Но меня уже сильно клонило в сон. Я закинул голову вниз и ляг на бедра Джулии, она мягко смяла мои волосы ладонью, я почувствовал теплоту её пальцев, и приятное чувство ностальгии детства, когда так же делала мне массаж головы мама.

Глаза закрылись в затягивающем теплом наслаждении момента.

От удара дверь взбрела на стену и от отдачи резко захлопнулась снова. Я вышел в подъезд, бежав по лестницам чей конец на верху испарялся в темноте. Меня несло со всей силы, погруженный в собственный страх.

Страшно...

Страшно.

Не смотрите на меня. Я не виноват. Я не хотел.

Я...

Наконец дошёл. Палата номер 31, чья дверь за исключением всех остальных палат открывалась наружу, а не внутрь. Ну а что ещё ожидать. Сколько платы, столько и удобств. Я чуть запотел и зайдя внутрь отстегнул пуговицы на рубашке. Мне тут стало настолько привычно, что я чувствовал себя как дома. Черт подери, я же проводил тут больше времени чем дома.

В 31 палате была всего одна пациентка.

Она спала.

Я положил пакет с хлебом, соком и пару штук фруктов на тумбочку, включил свой телефон на зарядку (зарядник я всегда держал в кармане, но сейчас достал из пакета, так как переместил его по дороге для удобства) и сел на край койки.

Белоснежное лицо, ярко жёлтые волосы, как листья осени, облитые разными гаммами по всему фону. Я смотрел на неё и восхищался всей её сущности и красоте.

Жизнь для меня как кислая мята, но и из него можно приготовить нечто отменное. Я точно добьюсь всего того чего желаю. Я смогу. Но сейчас самое важное ты. Я живу ради тебя – мама.

Тихо и спокойно открыв глаза она повернула голову, подняв и приложив свою ладонь на мою щеку произнесла ангельским голоском:

-Маркус. Милый...

Её взгляд. Это неописуемо. Оно слишком детское, сладкое, приятное, мягкое и нежное. Окутанное безмерной теплотой и лаской. Её глаза... Она единственная кто у меня есть. Я никогда не оставлю её.

Теплота и жизнь что выливались из меня фонтаном, били об все стороны распространяя радугу счастья изнутри. Жаркая атмосфера и это чувство будто тебе больше нечего не нужно. Полноценность. Счастье. Жизнь.

Словно во сне.

Именно это я вспоминал, когда мы сидели под забором ночью и курили уже вторую пачку сигарет.

-Где же он? Слишком долго, – шёпотом сказал мой партнёр, еле скрывая свою раздражительность. - Кажись отбой.

-Не... Подождём...

Я и сам был в панике. А что, если он не появится. Кажется, я был слишком наивен. Это дело уже...

Вдруг бесшумным бегом подкрался тот, кого мы уже дождались. Но я не успокоился, а стал более опасающимся. Когда собираешься на нечто не привычное и опасное, всегда жди нож в спину или даже ножи.

Я уже сыт от этих ножей со стороны жизни. На спине не было ровного места. Ножи, сабли, клинки, мечи... да что угодно. Я готов ко всему.

Мы шагали в потухшей темноте как в мире мёртвых, сыща сокровища, в мыслях играла лишь одна цитата. Все время одно и то же:

"Отчаянные времена требуют отчаянных поступков."

Самообман. Хм... Полезная штука. Смотря как её использовать. Ведь и нож в руках умельца станет инструментом для создания скульптур и других видов искусства, а в руках повара средством приготовления еды.

Как-то не успокаивает.

Мой мир летит к чёрту. Границы стёрлись, и я плыву в океане уничтожения. Густая жижа тянет меня все вниз. Я пытаюсь выйти на свет, на поверхность, и... Из-за этого все больше ухожу в глубь.

Я словно плыву в космосе, и вдыхаю аромат атмосферы, которой на самом деле не существует. Пора мне прийти в себя и продолжить игру. Игру под названьем жизнь.

"Жизнь – игра".

Каждый слышал эту фразу, но кто по-настоящему понимает его значение?! Люди все играют – дома, на улице, на работе, в учёбе... везде, где есть кто-то больше их самих. Игра продолжается... и уже в один день они играют в неё, когда и наедине с самим собой. Осознают они этого или нет, но это – Проигрыш! Игра победила. Она смогла заставить тебя сыграть, раздав карты и попутно услаждая твою алчность тузами.

В начале ты конечно сопротивляешься, пытаешься... убеждённый в своей непреклонности, хочешь играть по своим правилам, не предавать своему законному индивидуализму. Но в конце концов ты вступаешь в игру. По-другому никак, ты должен игре уже тем, что приглашён в неё. Ещё не сыграв, ты проиграл.

И вот ты садишься за стол. Прочитаешь правила? А нет. Ни фига! Никаких подсказок, докопайся сам. Проигрывай раз за разом, терпи унижение, насмешки, страдания, боль, потери, разочарования... - это самый короткий путь. Конечно тебе будут советовать сидящие рядом, и ты тоже можешь спрашивать их о методах и тактике победных шагов. Но не всегда они будут правы, а возможно их тактику игры способны правильно использовать лишь они сами. А может они врут.

Вся хитрость заключается в том, что если рано не сдашься и не встанешь со своего игрального места, а будешь продолжать ни смотря ни на что, то со временем у тебя обязательно появится свой стиль, свои наточенные маски против каждого отдельного игрока...

Тогда, ты может заметишь кого-то на противоположной стороне стола, в углу, кого-то, и начнёшь играть с ним в пару. Ты наблюдал за ним или ей уже давно, у вас схожий стиль, может схожий метод, способ реализации, или структуры стратегии. И вот уже совсем скоро у вас отлично получается играть в паре против всех остальных.

Но это все не важно. Даже если когда-то было, то теперь нет. Это тот самый момент, когда ты играешь сам. Настоящий. Теперь ты не играешь!

Но, что изменилось? Если бы ты не сыграл, остался бы себе один в угу как наблюдатель, никогда бы не присел за общий стол азартной и кровавой игры. Ты и тогда бы не играл, был бы самим собой. Но с кем?! Лишь с собой. Тут уже и тебя настоящего не различить, а значит, тебя бы не было.

Или ты мог бы сыграть, но протестуя против правил и нарушая их. В конечном счёте, тебя бы выгнали с проигрышем.

А сыграв, и играв долго, поборов тысячу комплексов, перепробовав сотни стратегий и масок, пройдя по тропинкам ада и рая, спотыкаясь на одном и том же месте... ты наконец нашёл ... с каждым уровнем, увеличивается размер турнира и шанс встретить больше таких людей с кем ты можешь... не играть играя.

"Жизнь – игра!"

- Во сне - в том мире, все крутиться как в спектакле. Но так как вы не осознаете - что это сон, вам этого не видно, - продолжал Док. - Когда вы начали хоть немного подсознательно об этом догадываться, вам начала казаться что вы в середине внимания всех людей и мир крутится вокруг вас. И это чувство оставалось даже здесь наяву. Вы просто внушили себе, что все смотрят на вас, интересуются или даже наблюдают за вами и все. Все очень просто. Дошло до того что вам начало казаться что вас преднамеренно кто-то преследует. А ещё, я почти уверен, что вы ни мало испытывали дежавю. Эти чувства ведь у вас были и... как вы говорите, в том мире.

-Ладно, тогда почему моя здешняя жизнь настолько отличается от той, у меня тут ни друзей, ни близких, а ведь я не такой. Да я ведь экстраверт, я люблю общаться...

-Именно так... это самая классическая ошибка, распространённая среди тех, кто мимолётно изучал психологию, интересовался им, или просто слышал о каких-то понятиях от третьих лиц. Пойми Маркус, никто не бывает исключительно экстравертом или интровертом, мазохистом или садистом, хорошим или плохим. Это убеждение... оно как защитная стена, за которой легко спрятаться. Этим качествам, всего лишь нужно позволить проявиться, дать возможность к прогрессу. В одном месте их защищают и поддерживают, и тогда в другом они ищут убежище, создают климат для сосуществования. Просто вы думаете, наоборот. Эти инстинкты оттуда, а не отсюда. Вот самое важное, что вы не можете отличить.

-Что-то снова не убедительно. У вас есть аргументы по сильнее?

-Как скажете Маркус. А вот ещё один пример, того что человек верит в то что, хочет верить.

-Ладно, тогда вы можете объяснить то, что я видел лица друзей во сне - здесь. Если они из сна как я могу увидеть их лица наяву?

-Это тоже входит в ряд вашей главной проблемы. Вы видели своих придуманных друзей наяву, потому что верили, что это сон и подсознательно заставили себя поверить, что сходите с ума. Это просто ваше воображение и нечего более.

-Бред! Тогда как я видел того охранника, которого избил. Впервые я его увидел во сне. Как я мог видеть человека, если не встречал его раньше, а потом встретить наяву.

-Наука сна очень огромна и слово огромно лишь маленькая доля всего чего мы - знаем о ней до сих пор. Многие объясняют сон, как метод общения людей с Богом. Для других это способ оказаться в своих фантазиях и осуществить все то, что невозможно в реальности.

-У меня нет скованности в жизни.

- Некоторые видят во всем этом предсказания о будущем.

- Я в подобное не верю.

- Другие могут вообще мало видеть снов и это для них совсем не важно. Кто-то верит в то, что ночью души людей выходят из тел и парят по всему миру. Есть теория того что наши души делают все то, что мы сделаем, когда проснёмся на следующий день. Тогда мы и сталкиваемся с феноменом под названием дежавю. Есть много упоминаний, что перед рождением человек знает все своё будущее и его удаляют, когда он рождается вновь. Будто в загробном мире прошлое и будущее это одно целое. Но частички все же выходят из-под тени воспоминаний о будущем, и мы чувствуем, что какое-нибудь действие, предмет или ситуация нам очень знакомы. Будто мы в них уже участвовали.

-Конец вашей лекции есть?

-Теорий безмерно много. Лично я нахожу подтверждения и опровержения для всех...

- Как все это связано с охранником.

- Так, что вы и вправду видели того человека впервые, когда напали на него, но... во сне был человек, который вам не понравился, он был похож на того, кого вы встретили, и вы приняли его как человека из сна. Создали персонажа, а потом нашли идеального актёра, который сыграет его.

-А вот это... уже ПОЛНЫЙ БРЕД!

-Мы не видим точные лица во сне. Во сне все расплывчато, сколько бы вам не казалось иначе. Это правда. Это научная методика. Вы просто инстинктивно совместили этих двух людей во сне и в реальности. Это похоже на то, как мы представляем себе, например, лучшего друга и когда находим человека с такими амбициями, думаем, что это тот, кого мы искали все это время. И после этого, воображаемый друг, о котором мы думали раньше, у кого не было лица, принимает форму настоящего друга и в нашем воображении прошлого.

-Не понял...

-Вот вы опишите Джулию.

-Не вопрос! Она красивая, умная, местами дерзкая, весёлая, умеет поддерживать в тр...

-Нет! Её лицо!

-... Ну, я не знаю, как описывать лицо человека. Ну как это делать?.. у неё нос, рот, пара глаз... Так что ли?

<<смех>> откуда-то изнутри.

-Нет... просто некоторые вещи очень нелегко принять сразу. Я вас хорошо понимаю и это из-за меня вас не обвинили в избиении. Я ведь не только доктор, я и психолог. Вы в вашем сне, хотя и живёте ещё в 2019-ом, должны знать, что личный доктор в наше время имеет права помогать своему пациенту во всем, что касается его здоровья. Даже тюрьма входит в этот список. Но как я вижу, вы все понимаете, ведь не удивились, когда я беседовал с вами вместо адвоката, или других лиц.

-Хм... Мой мир, мои правила, мне ж их не знать.

-Ну ладно... раз уж вы так и нечего не вспомнили, я вам расскажу. Я просто хотел, чтобы вы сами все вспомнили, но раз так я вам расскажу все.

<<смех>> - где-то издалека, - <<смех>>.

-Что именно?

-Ваше прошлое... но предупреждаю, твой мир изменится из-за этого, ведь противоядие есть всегда. Яд, сам и служит для создания противоядия. Но... чтобы найти формулу нужно пошагово продвигаться... Нужно ли тебе это, искать то, что ты сам спрятал? Или может просто поищешь ответ у себя в голове?..

<<крик>> <<плач>> <<крик>>

У меня закружилась голова.

-Что с тобой Маркус? - позвал меня Марк.

-А?

-Ты сегодня какой-то грустный что ли. – Сказал Сид.

-Ты на все сегодня смотришь как-то с печалью, – поддержал Артур.

-Да, нет.

-Да вы че? – вмешался Марк. – Наоборот я бы сказал, что он сегодня предельно радостный.

-Наверное, у тебя ещё остались переживания насчёт работы, – заметила Джулия.

-Нет, просто...

-Ты ведь ещё не поймал "Виновника", я слышал он испарился. – Заметил Сэм.

-Не в этом дело. Просто сегодня меня выписали из больницы, и короче...

-Давай выкладывай! – Сказал Марк, – мы поможем.

-Да тут нечего выкладывать... Я просто увидел смерть перед собой, своими глазами и решил встретиться с вами прямо сегодня, чтобы опять почувствовать себя живым. Дело в том, что... вы слышали высказывание "наслаждаться каждой секундой". Надо лишь раз приблизиться к смерти как опять хочется вернуться туда, где тебе теплее всего. Решил запечатлеть в своей памяти все мимолётные мгновения в этом кругу, вот почему...

-Понятно, а мы то... - вздыхая и улыбаясь, сказал Марк и шлёпнулся на мягкое дно своего места. – А мы то волновались. Так ладно давайте поговорим о... тебе Артур.

-А, че сразу обо мне?

-Да ты ведь самый младший из нас. Хи-Хи... Так что всем интересно, нашёл ли ты уже себе девушку.

-Ну, это... - стесняясь, отвечал молодой Артур в центре всеобщего внимания. - Нет.

-Вот это история. Наш друг ещё не нашёл свою половинку, а мы тут волнуемся о всякой чуши.

-Кто бы говорил. У тебя у самого год уже романа не было, – заметил я.

-Я вечный холостяк и разрушитель женских сердец, не зацикливаюсь ни на ком. Сейчас не обо мне. Ну, так как Артуру будем помогать?

Все активно поддержали идею, хотя я-то знаю, что им просто нечем.

-И так я предлагаю ту красотку, что сидит одна на огромном красном диване.

-Нет. Она слишком серьёзная и кажется она кого-то ждёт. А то, зачем ей такое огромное место.

-А что насчёт той у стойки.

-Ого, неплохая кандидатура.

-Ага, и как она крутит глазками. Точно с ней тебе повезёт, – продолжал поддакивать Марк.

Все всерьёз взялись за дело, я даже удивился. Но веселье, не уменьшилось ни на секунду.

-Ну, я не уверен, – бормотал тихо Артур.

-Какого ещё?

-Да будь мужиком.

-Просто подойди и заговори.

-О чём мне с ней говорить?

-Как о чём? Ты просто подойди и подстройся под атмосферу.

-Только будь предельно уверенным.

-Что-то мне это напоминает. - Сказал я, хотя никто меня не слышал.

-Я ведь, - покраснел всерьёз Артур.

-Эй... - замер в этих гуще обсуждениях, словно сделал какое-то открытие Марк. – Ты что раньше этого не делал?

-Что?

-Че реально?

Даже я удивился.

-Эй, вы о чём? Конечно делал! – возбуждённо сказал Артур, но его манера речи выдавала.

-Ого-о! – Озвучил мысли всех Марк, не сдерживая смех, – так ты, девственник?!

Это было начало конца. Суматоха, взорвавшаяся от нашего стола, не прекращалась ещё долго.

Джулия смеялась так красиво и позитивно, что в душе нечто кольнуло.

Я сидел на кровати, а она спала. Я улыбался. Вдруг замигала какая-та линия на мониторе, красный цвет облил комнату. Тиканье начало ломить комнату и её обломки раскатились по всему телу. Хаос заглушил уши, и я не слышал. Подбежала медсестра. Она была напугана и что-то говорила, смотря прямо в мои глаза. Её большие и красивые глаза были напуганы, но это было больше похоже на гнев. Я увидел в них притворство и низость. Они больше не были красивыми. Я не слышал её, а вокруг бились стены и мигали красные огни, что как лучи солнца кололи глаза.

-Её нет.

Её нет?!

Единственное что я услышал.

Звуки и взрывы исчезли. Все стало глухим и мёртвым. Я посмотрел на маму.

Тишина. Обездвиженность.

А потом на медсестру.

Тишина. Безразличие.

Я сказал, чтобы она спасла её. Она ведь может.

-Ты можешь! – кричал я ей, но сам не слышал не единого звука, как и своего голоса.

Она отбрыкалась на месте, разводя глазами туда-сюда и равнодушно покатала головой по сторонам.

Со стен началось сливаться нечто тёмное. Комната погружалась в тень. Шум издалека усиливался в ушах. Жужжащий шум раскалывал голову с самого ядра. Мои конечности не слушались меня, они начали брыкаться и сопротивляться. Голова потрескивала в нервном тике. Глаза убежали куда-то далеко и не видели ничего перед собой.

Нет.

Не может быть. Я не мог. Я... не могу потерять её. Я же успел. Последняя и самая важная операция должна была...

Я... Я же...

Я проглотил слюну в горле, разлучил зубы, встал и в гневе начал орать.

Рука бросилась на полку искать что-то. Взгляд заметил медсестру, что смотрела на меня как на что-то ненормальное, непонятное, страшное и... её безжизненный искусственный взгляд, что бросал меня в ещё больший гнев...

Рука коснулась чего-то. Я крепко сжал её в ладони. Взмах! Обрушив свои чувства на неё ударил сверху - в голову. Обломки. Маленькие кусочки струй крови покатились на моё лицо, размазав мне глаза и нос. Девушка рухнула. Её голова была треснута и из огромной дыры на лбу блистала по всему полу кровавая масса. Она достигла моих ног, и я почувствовал себя в реке крови. Вокруг кровь. Все в крови. Капли на стенах, на кровати, на маме, на могиле, на скалах и на моем лице, что обливалась по губам.

Я медленно открыл рот и капли начали течь внутрь рта. Вкус - сладкий, приятный, чуть сжигающий.

Глаза замерли, вылупившись на труп впереди меня.

Это сделал...

Я.

Медленно глаза скинулись на мою руку, и я увидел в ладони половину разбитой винной бутылки.

Бутылка красного вина...

Ноги зашатались и не в силах больше держать себя на ногах, истерическим движением отбросив бутылку, я рухнул на стену и тихо покатившись спиной по ней, упал на пол. Задница и ноги стали мокрыми. Теперь я весь в крови. Погружаюсь все глубже в этот океан.

Разум полностью почернел. Я не верил в это. Я не мог... Но...

Неужели... как... это я?

Ладонью вытер кровь с глаз.

Да. Это я.

Кровь стекалась по всему носу до рта. И в тот момент, когда я коснулся губ, что-то острое вонзилось в меня. Будто что-то треснуло. Я понял, что уже никогда не смогу быть прежним. Мир изменился. Ужас разъедал изнутри, и я стал его вечным пленником. Ведь рука, коснувшись рта обнаружила, то что не чувствовало и не признавало тело, мозг, сердце.

Глаза тонули в бездне отчаяния.

А рот... губы... улыбались, самым искренним и злорадным видом, растянув зубы до ушей и подёргиваясь в экстазе от вкуса, чувств и переизбытке наслаждения.

Вздох...

Выдох...

Вздох...

Выдох...

Вздох.

Выдох.

Вздох. Выдох.

Вздох! Выдох!

Вздох! Выдох! Вздох! Выдох! Вздох! Выдох! Вздох! Выдох!

ВЗДОХ!

Я проснулся.

Я снова шагал по мёртвой пустыне. Скелеты засохших трупов показывали свои черепа из-под почвы. Ветер бился об глаза песком и гнилым запахом, предрекая их на слезу. Через мокрую картину я снова увидел ту скалу. Снова. Ту самую треснувшую от старости могилу и парня перед ним.

На этот раз я решил подойти к нему, чего бы мне это не стоило. Ветер ударил ещё сильнее, и я машинально прикрылся рукой, дабы не ослепнуть окончательно. Глаза больно защекотал песок, успевший проскользнуть внутрь. Ноги сами скользили по песку назад, и буря словно пыталась занести меня под свой буран и забросить в капкан спирального круговорота своего ядра. Я сделал шаг вперед. Через силу он мне еле удался. Но не открывая глаз я продолжил, поставив все силы на кон. Вдруг буря остановилась и от силы я поддался вперед, не удержав себя упал на руки. Медленно открыл глаза, и слепота начала проходить, фрагменты встали на свои места, слои разложивших кадров опустились обратно и фокус привёл взгляд на свою нормальную форму. Я видел ноги. Я встал, и оказалось я стою уже позади парня перед могилой. Наконец-то я снова добрался до него. Слова бессильны, нужны действия.

Я медленно протянул руку, и опустил ему на плечо.

В тот же миг он испарился, рассыпавшись как песок.

Некий смешанный звук смеха и плача криком задыхались где-то в глубине. В ушах звенело.

-Ровно восемь лет назад, когда тебе было семнадцать... Ты помнишь, что было тогда?

Я ни сказал ни слова. Я уже устал от этих бессмысленных споров и решил сидеть как рыба и дослушать до конца. В надежде, что хоть тогда получиться хоть какой-то итог. И тогда я может проснусь.

-Похоже нет. Так вот твоя мама работала в булочной и весьма хорошо зарабатывала. Ты жил полной жизнью, не думая не о чём. Играл, гулял, заводил друзей... веселился подростковой жизни, как мог. Помню однажды, мы с тобой беседовали, тогда ты пришёл на ежегодный осмотр за прививками. Ты сказал, что уже смирился с тем, что жизнь у тебя никогда не было и не будет папы, так как у всех других вокруг...

-Смириться с таким, ребёнку сложно.

-Да, и ты не хотел не от кого зависеть и сказал, что найдёшь свой путь сам. Хоть и ты так говорил, ты все ещё жил на деньги матери, и когда тот магазин закрыли вы стали голодать.

-Я это помню.

-Наверняка эти воспоминания смутные, ведь полностью память ты не потерял и со временем все вспомнишь. – Шарль опрокинул спину на стул. - Твоя мать всегда заботилась о тебе одна, отца она возможно и не знала, или как сам понимаешь постаралась забыть. Вот почему, когда она заболела, ты стал добиваться работы, чтобы покормить её и суметь покупать лекарства по причине заболевания матери. Болезнь начала прогрессировать с огромной скоростью. Именно тогда она была в ужасном состоянии. Работы не смог добиться, ведь толком нечего не умел, да и жизнь сделала тебя ленивым и всегда полагающимся на других. Не нахожу более нормального объяснения поступку, который ты совершил, но ты хотел помочь маме. Я даже в каком-то смысле удивляюсь, как ты нашёл в себе силы и из хорошего и послушного парня...

Атмосфера в комнате, будто гнилой туман села мне на плечи и начала медленно растекаться по телу. С каждым его, словом мне казалось, что я все больше и больше погружаюсь вниз...

В ушах звенело. Кто-то плакал, а в ответ - <<смех>>.

-Ты вместе с несколькими ребятами ночью совершил налёт, на местный маленький магазин. Вас заметили. Началась погоня, и все кинулись в рассыпную. Тогда ты заметил силуэт человека с фонарём и, наверное, догадался, что это полицейский. Ты бежал со всех ног, с крадеными деньгами и маленькой сумкой еды. Вскочил на решётку и...

Вдруг туман остановился... и начал опять подниматься вверх, но спокойно от этого не становилось.

Звон не прекращался. Смехи эхом доносились изнутри головы, а в ответ - <<плач>>.

-... Даже не знаю, как так вышло. Наверное, из-за того, что раньше тебе не доводилось делать такие вещи и ты принял такое решение под порывом страха и отчаянья. Решётка-то была весьма высокой. Ты упал прямо на голову... Почему, по-твоему, про игры и сериалы, которые вы говорили с друзьями вышли до конца 2019-ого? Хотя это не важно.

Я словно потерял навык говорить и лишь молча слушал. Желая большего.

- Хм... а знаешь, когда-то я при одной нашей встречи заметил тебя слишком счастливым... Я подумал, что ты, может, влюбился, но ты мне нечего не рассказал. Хотя мы были тогда довольно близки и как твой личный психиатр, отвечавший за твоё состояние из-за развода, многое о тебе знал. Джулию наверняка ты создал по своим личным идеальным качествам - девушки мечты... Вспомни её лицо. Представь... Она... не похожа на единственную важную женщину в твоей жизни?!

Опять ни звука, ни шороха...

<<крик>> <<смех>> <<плач>>

-Жаль... - тихо прошептал доктор.

Я проснулся.

Задыхаясь в собственном комке из крови, я брыкался, лёжа животом на твёрдой земле. Шея болела и содрогалась, словно по ней переехали. Глотки крови вытекали изо рта. Кашлял и пытался вернуть воздух в лёгкие.

Медленно кровь начала утихать и боль отступила на второй план. Я пытался встать.

Я поднялся на ноги.

Тело устало держалось на асфальте за счёт силы притяжения, будто бы не спал целый месяц. Усталость. Боль в глотке и сжигаемая слюна с каждым вздохом скрипела по трубам, на пути вниз.

Только бы не отключиться.

Я видел его спину. Он уходил. Он шагал. Он исчезал.

<<Плач>>

-Ст... – попытался выкрикнуть, но боль в горле отрезала слова и это прозвучало как пустое истерическое харканье.

Он остановился.

-Ты ещё не готов, – заговорил он.

-Я, - пытаясь спокойно говорить начал я, - готов. Я должен знать. Я больше так не могу. Я хочу все понять.

-Сколько же <<я>> ты выговорил.

Он медленно повернулся и его стёртый во тьме силуэт начал приближаться.

<<Смех>>

-Ты лишь ребёнок, - доносился его голос из тьмы, будто вовсе не он говорит это, а сама ночь.

-Кто ты?.. – спросил я. – Кто... Кто я?

Он становится все ближе. Вдруг его лицо озарилось в маленьком проблеске света. Он остановился.

Мир погрузился в бездну тишины и начал медленно кружиться.

Я сделал шаг на встречу.

<<Крик>>

Бессилие в теле ветром сдуло и во мне открылось второе дыхание. Скорее я нечего больше не чувствовал, остановившись вдоль него.

Мы смотрели друг на друга на расстоянии шага. Я видел ясно все клетки его лица. Я был уверен.

<<Смех>>

<<Плач>>

Я смотрел на себя.

<<Крик>>

<<Крик>>

<<Крик>>

Я проснулся.

-А знаешь, ты наверняка мне что-то не досказал. Когда рассказывал о том, как понял, что якобы это сон. Я заметил... мимолётный взгляд похожий на... лжеца.

<<истерический рёв>>

Он ждал ответа, но я ещё долго молчал. Время, будто остановилось и значение слова "долго", в этой ситуации, могло значить всего несколько секунд.

-Я... силой мысли разрушил стекло. Что вы на это скажете? - тихо и медленно прошептал я, застыв взглядом на одной точке посредине стола.

-А почему не рассказали?

-... боялся, что...

-Приму вас за психа? После восьми лет комы, и после того как у вас начались провалы в памяти... После того как вы начали путать прекрасный сон сбывшихся надежд длительностью в восемь лет и жестокую реальность, где ваша мать умерла от болезни... - Он тяжело вздохнул. Позже собрался, накачал рот воздухом и продолжил. - Из-за матери... подсознательно же ты её помнишь?.. Эх... И после всего этого я тебе не раз повторял, что всему виной и заслугой, является – воображение и вера. Искренне поверь во что-то и это станет явью. Ты поверил, что это сон. Ты убежал!

Доктор, будто измученный и уставший как после тренировки в тренажёре, сидел и устало держался ладонями за голову, валяясь локтями на столе.

Смех, плачь... Смех, плачь... Звуки в ушах звенели все сильнее и громче. Они уже совсем рядом.

Шарль поднял голову чуть-чуть из-под ладоней и схватил меня острым взглядом.

- Но-о-о... - покрутив головой вокруг своей оси начал тот. - В глубине души ведь ты ненавидишь мать, за то, что она обрела тебя на грех, - звуки странных женских криков и смеха смешались и как будто бились об стену, словно находясь в соседской комнате, - за растраченные годы детства, за свою учесть. – Мужской крик, словно рёв, резался пулей напролом через остальные грохочущие шумы. - Подсознательная ненависть разлилась на всех женщин мира, а именно тех, что будут расти детей одни и портить их жизни. Уж лучше б, чтобы, - хаос яростных и ужасных звуков окончательно смешался с окружением и бил об барабанные перепонки в ушах, из-за чего я окончательно перестал слышать доктора.

Перед глазами потемнело со всех сторон. Мир закрутился, будто воздушный шар от потока ветра. Комната стала развеиваться и устало опрокинувшиеся тело доктора на столе начало тянуться влево...

<<смех>>, <<крик>>,

Треск стула на пол.

Медленно, уставшие глаза закрылись...

<<плач>>

...погрузилась полная темнота.

Теперь я слышу лишь свои мысли.

Смерть... что же это такое. Или... кто.

Чувствовали ли вы когда нибудь неудержимое желание исчезнуть, испариться, умереть... возможно. Очень даже. Намного больше, чем убить кого-то. Причинить боль что не сыскать на всем свете. Резать на куски пока он жив. Разпотрошить, задавить... Бить столько пока не останется лишь лужа крови с частячками разбросанных маленьких и гадких слезливых мясных остатков. Вырвать глотку и полакамиться кровью смотря при этом в застывающие глаза. Вырывать части тела и пребывать в нирване от адского крика, что как сладкий сок проливается в уши. Уничтожить! Пороботить. Уничтожить. Стереть. Уничтожить! Уничтожить!.. Убить!

Я медленно поднял руку, повторяя его движение. И мы приблизили наши ладони друг к другу. Казалось я сейчас коснусь одуванчика и он разлетиться как при сильном взмыве ветра. Сердце дрожало как осиновый лист. Наши ладони соприкоснулись. Холод. Я не чувствовал тепла от его кожи. Неужели моя ладонь тоже такая не человеческая.

Это стекло. Это отражение. Это зеркало.

Он стоял по ту сторону квадратного зеркала, что во весь рост простёрся передо мной.

Вдруг его пальцы зажались, как механические и начались вжиматься в мои кости вдавливая их ужасно разрушающей силой.

Его другая рука захватила меня за шиворот, вылезнув из стекла как ни в чем не бывало. Я потерял дар речи.

Мое же отражение пытается душить меня через зеркало и скручивает мне руку. Его зубы блестят. На лице проблёскивают мелькающие капли. Он улыбается. Но в то же время... на щеках блестят мокрые линии?!

Его рука вонзилась мне в шею и пыталась снова задушить. Снова. Он. Снова он. Всегда только он.

Я!

Чувство безудержной жестокости, зла, крови и насилия как напором наполнило меня, залив глаза красными молниями. Наказать. Изничтожить. Покарать. Приговорить. Я мечтал о его смерти. Я хотел убить его!

Захватив за кисть руки, кой он меня душит, я начал сжимать ее, аж до того что почувствовал как все его кости готовы в любую секунду сдаться натиску.

Я уже не мог сдержаться. Клыки так и лезли наружу. Глаза вытаращились. Из носа вырывались облака теплого дыма наполненные сжигаемым адреналином, словно из фабрики что работает сверх своих ограничителей безопасности. Взрыв!

Я начал со всей силой тянуть его. Вдруг шею свернуло в ответ и кинуло в ужасающую боль. Тело не могло сопротивляться и сдалось. Он сам вытянул меня внутрь стекла и я почти упал на него.

Отпустил.

Я поднялся, лёжа на нем, и вытянул голову.

Удар.

Мой зуб пулей сверкнул на асфальте и полетел куда-то, разбрасывая на ветру нити крови. Голову силой швырнуло выкрутив и тело чуть ли не вырвало от неожиданного удара кулаком по лицу.

Все кружилось. Мир разгрозился. Боль пульсировала в мозгу.

Но я улыбался через кровь что лился с моих губ до подбородка. Смех. Чудовищный и ужасный смех с изуродованным лицом. Мне это нравилось.

Увидел его взгляд под собой. Его холодные изнутри глаза отбрасывали в мир красное пламя. Нечто необычное и необъятное было видно в его зрачках, чьи спирали словно искусством нарисовались на нескольких слоях круглых бумаг.

Я смотрел на него свысока. Я изливался в собственной крови и смеялся в ответ на боль и унижение.

Как же ты жалок. Лучше умри.

Он схватил обоими руками мои плечи и вышвырнул назад. Не успел я снова захватить инициативу как он встал и подбежал, его ботинок влетел в рану живота и кровь снова закипела адской болью. Меня швырнуло на спину. Немедля я поднялся, подбегая на ходу. Залетел головой ему в живот обхватив руками с обеих сторон за спину. Выкрутил и швырнул со всей силы.

Треск. Всплых. Граздяшие разрушительные молнии звуков от столкновения.

Меня вывертело и то, на что я налетел словно непобедимая приграда лопнулась, как только я упал свалилась пылью и оскалками на все тело.

Он вылетел на стену и разрушив ее туловищем как вылетел через нее. Она вспыхнула на него как снег что подлетел от взрыва. Он встал.

Я все еще горел. Пламя с каждым ударом, с каждой новой раной, с каждой кровотущей части тела становилась все сильнее и могущественнее. Меня накрывало собственным огнем. Я был готов взорваться.

Все лицо обливалось собственной кровью. Все тело обжигала боль. Но это чувство... оно превосходно. Впервые за многое время я чувствовал себя воистину предрешающим свою судьбу, свою жизнь. Принимающим решения. По настоящему живым!

Встал и снова бросился со всей силы, ора сквозь брызги крови изо рта, не ведая границ. Я сам свой судья и свой палач. Я бежал, закрыв глаза и забыв обо всём мире. Для меня существовал лишь он и больше нечего. Вдруг я открыл глаза и кажется всколыхнулся в собственной воле.

Он! Он. Но ведь... он это я.

Схватил обоими руками и вдруг потеряв равновесие споткнувшись об его подставную ногу и свалился на спину. Кров ударила об легкие и нечто жуткое пробежало по телу. Боль начала причинять адские мучения. На миг почувствовался сильный привкус тошноты.

Он сидел на мне и пытаясь поймать его руки не дав им самовольничать я сопротивлялся. Одновременно боролся с болью в теле, как растрелянный насквозь целым шквалом пуль. Все тело в маленьких ранах. Жидкость изнутри набивалась в рот и закрывала дыхательные ходы, из-за чего почти не получалось дышать. Я задыхался собственной кровью. Звук крика как растекающееся эхо в горах что очень далеко не мог выйти за пределы губ. Борьба всеми силами со смертью. Последними силами. Я боролся с ним за жизнь. За смерть... с собой.

Собрав последнюю волю и силы я освободил весь оставшийся во мне гнев и взмыл к свободе. Схватив его руки взял инициативу. Атака сзади - ногой об спину и спереди головой врезав в лицо.

-А-аааааа! – закричал я что есть мочи и всеми силами рванул вперед, напрягнув спину.

Ноги сами себя подняли, сжигая и давя суставы. Секунду позже я уже сидел на нем. Так же как он. И так же как я, он пытался выхватить мои руки не дав мне ударить.

Но я... не ты!

Втреск об рожу со всей силой и кровь фонтаном как лопнувший шарик залитый водой выплеснулся через его рот на асфальт.

Тело напилнило нечто божественное. Я почувствовал мощь. Сила! Я всегда хотел быть таким.

Размах. Удар! Кровь блестнула из порезов кожи, выдавив глаз в лепешку. Кровь наполнила ее по всему кругу и залилась внутрь как яд.

Удар разломил мне череп и боль сотрясла меня не оставив шанс на спасение. Смерть поставила свои руки мне на плечи и скользнув обняла.

Тело наполнялось все больше и сильнее. Неужели я только что смог понять каков я был всегда. Ведь мне это нравится. Да, черт побери. Да! Мне нравится. Очень нравится.

Удар!

Больно!

Еще раз!

Приятно!

Удар!

Боль исчезает.

Размах и еще сильней - УДАР!

Капли крови на мне слислись воедино и теперь ручьем текли с головы по всему телу. Каракули вырисовались вокруг нас как нечто божественно прекрасное. Может как высшая красота искусства?! Мне казалось будто это нимб из крови вокруг моего великого дела. Моего провосудия. Да, черт побери я как Христос!

Я необычный человек!

Я избранный спасти мир!

Я...

Я.

Я. Я.

ЯЯЯ

Кто Я?!

Кто же я?! Тот кто лежит и тонет в собственной крови? Или же тот кто лупит об асфальт, того на ком сидит?

Я чувствовал наполнение. Я чувствовал боль.

Победа. Поражение. Земля и небо. Свет и тьма. Добро и зло. Начало и конец.

Разница... совсем не ощущалась.

Вдруг я понял что моя рука не может остановиться и лепет уже тушу какой-то жидкости в которой я полностью погряз и словно тону в ней. Я тонул в крови.

Вышебленные мозги, волосы смешанные с наружностью, раздавленные глаза, выпотрошенные брови, зубы, язык, плоть, кусочки кожи, горячая кровь и пар от всего - тающий на ветру.

С каждым ударом я смеялся все сильнее, громче, ужаснее, адски, зловеще...

Вдруг я понял что с кровью по всему лицу начало сливаться еще кое что. Соленые. Маленькие ручьи.

Я плакал.

Теперь я ревел как никогда раньше. Слезы вымыли глаза от крови нитями тонких ручей. Я ревел во весь голос изничтожая на свет всю свою накопившуюся боль.

„ Вот видишь. „

Я замолк. В глазах все тонуло и они разрывались в ужасной боли смешанной крови и слез.

Я чувствовал сердцебиение. Собственное.

„ Ты победил. Да? „

Я убил его.

Вдруг нечто что я и не мог даже предположить или даже ожидать начало наполнять мое сердце. Душа заполнялась туманом и зажгло ее изнутри сжигая все в памяти, воспоминаниях, о себе, друзьях, любви, семье... Все испепеляло сжигающими и горящими иглами каждую частичку тела.

Тело горело в огне боли. Но в физическом. А теперь ее наполнила и боль душевная и начала разгрызать все оставшееся до последней капли.

Кровавый крик вырвался из легких всеми оставшимися силами наружу и полетел напором в воздух. Рёв! Отчаянный, истерический крик!

Смерть. Победа.

Горло рвало, уши сжались, легкие разгромились в последний раз, губы сжигались в соленой крови, а все тело изливалось алой внутренностью трупа самого себя.

-А-А-А-А-А!!!...

„ Все равно тебе не выбраться. „

Тик-так...

Тик-так...

Буль...

Мы обменивались рукопожатиями, объятиями на прощание и дружескими поцелуями. Уже было около полуночи. Все были в сборе кроме Артура. В конце концов, мы разыскали ему подружку на ночь и послали восвояси насладиться сладкими плодами первого раза. Марк же мастер таких дел, разыграл все, так что тот даже не догадался что полный лузер в пикапе.

-Ну, до следующего собрания клуба.

-Ага, давай брат! - Обменялся последним прощанием на сегодня я с Марком.

Все устало шатаясь, поспешили в разные стороны, ведущие домой. Крики, смехи, споры не утихали из их окружения, которое все росло, пока все еле двигали своими ногами. Их тени будто слились с окружающим миром и растаяли в моем взгляде, который неустанно провожал их.

Я пошёл провожать Джулию. Мы были у входа бара и ждали такси.

-Ну и, как прошёл сегодняшний вечер? – будто на первом свидании, я сильно нервничал и не знал, о чём говорить.

-Класс, как всегда. Но...

-Но?

-Ты точно в порядке?

-Да. А что, я вёл себя странно?

-Немного, - пристально смотря в мои глаза, сказала она.

Джулия остановила такси, и оно затормозило прямо перед нами.

Черт и почему такси нашлось так скоро? В другое время часами жди и жди, а их все нет и нет. А сейчас в такой-то момент... Черт!

-До завтра. - Садясь в машину, произнесла Джулия.

-До завтра?

Мне были видны миллисекунды, плывущие перед глазами в мгновения, когда она отдалялась от меня - на эти маленькие миллиметры и сантиметры.

-Завтра ты же дома? Доктор сказал, чтоб ты не перезагружал себя работой, хотя бы ещё некоторое время. Так что я навещу тебя вечером, как только освобожусь.

-Ах... ну, да... к о - н е ч н о. – Словно в трауре ответил я.

Раскладывая сумку внутрь, продолжила она:

-А что? Что-то не так? Хочешь, я возьму отгул и приду раньше?

-Нет! Все нормально.

-Ладно. - Мы обменялись слабенькими поцелуями на ходу и, добавив, - люблю. – Она закрыла дверь, и машина вздрогнула с места.

Теперь мне нужно уйти... Но я все ещё стоял неподвижно, как вкопанный и провожал её взглядом.

В такой момент только дождя не хватает. Ха!

Такси двигалось очень медленно. Я все ещё ощущал запах клубники от помады Джулии и приятный аромат, смешанный с её блистательным запахом – этот пурпурный и сладкий запах, что все ещё летает предо мной. От этих запахов меня кинуло в пучину воспоминаний. Двигающиеся кадры прошлого промелькнули перед глазами. Картина уходящего такси начала растекаться, а дым из колёс становился все больше. В нем я видел все больше и больше незабываемых мгновений, проведённых с друзьями. Когда мы спорили, когда мы пили, когда помогали друг другу в трудных ситуациях... Мгновения, проведённые с Джулией... Они будто лучи солнца прожигали мои глаза и таяли как ледышки в пучине огня. Их капли падали на другие воспоминания и кадры сливались воедино, словно в огромную сверкающую лужу. Передо мной встала буря прекрасных моментов, мечтаний и мгновений, которые будто исчезали в воздухе, вместе с дымом из-под машины...

Мечта, которая уходила все дальше и дальше. Она уезжала от меня, и я не был в силах нечего изменить.

Ночной город потемнел ещё сильнее и её яркие огни ото всюду капали на меня... надомной нависла туча тьмы, брызгающие безнадёжные искры жёлтых лучей. Дождь больше не нужен... он уже целый день как идет во мне, неустанно. Но сейчас ударяли громы и тучи полили как из ведра.

Неужели... я так и буду стоять... в океане безнадёжности.

Неужели... это все?

ВДРУГ! Джулия повернула голову и, улыбаясь, махнула рукой в заднее стекло.

Моё сердце остановилось!

За миг весь мир засиял в радужной окраске.

Нечего не могу? Сейчас...

СЕЙЧАС Я МОГУ! МОГУ НАСЛАДИТЬСЯ ЭТИМ МОМЕНТОМ!

ПРЯМО СЕЙЧАС, Я ЭТО МОГУ!

Я побежал за такси, крича и махая руками, чтоб оно остановилось. Джулия, оборачиваясь краем глаза, заметила меня бегущим вслед и такси резко затормозило, скользя на асфальте.

Я подбежал, резко вспорол дверь и начал тяжело дыша смотреть прямо ей в глаза.

-Забыл что-то? – растерянно смотря так же в мои глаза, медленно произнесла Джулия.

Наши взгляды пересекли пространство и время. Космос казался очень малым с тем чувством, что наполняло этот момент. Я чувствовал своё сердцебиение. И её. Возможно, это и есть то самое чувство, тот самый монет, что называется... смириться.

Он мог бы сыграть. Да, черт подери, он знал все правила этой игры. Он мог бы сжать её прямо сейчас крепко накрепко в свои объятия и больше никогда не отпускать. И это пламя в зернистом эфире её глаз не дать потухнуть. Не позволить потерять свою окраску, жару и наркотично пленяющий пар.

Он знал, что с ним играют. Знал - кто. Знал, чего все боятся – проиграть. Но он не был таким. Больше всего он боялся оказаться прав.

Он ясно видел какой этап проходит, что нужно сделать, чтобы победить. Он долго играл. Слишком долго. Игра поработила его, и он сам стал пленником собственной роли. Теперь он знал все.

Он смотрел в её глаза. Игра продолжалась. Та самая игра, которую он все это время отрицал. В какой-то момент, он и вправду подумал, что это не игра. Черт, какой же он был сладким. Слишком сладкий! Сжигающий стены внутренностей своей яркой и густой отравой. Это была... маленькая победа... возможно. Дальше уже обрыв. Он знает все чтобы суметь перепрыгнуть через него. Вылезти на скалу, на самую вершину. Но он не скалолаз. Это будет роль. То, что он мастерски знает... Играть ради победы? Да! Так надо всегда. Он знает... Но... Это будет игра. А эту самую огромную игру – где он исполнитель роли самого себя...

В глубине души он её ненавидит.

-ДА... - кинулся на неё я и глаза сами собой закрылись.

Неожиданный, горячий поцелуй скрестил наши губы воедино.

Я чувствовал туманное трепетание её ресниц, нежное ласкающее берег - дыхание, тепло от её булочно-нежной кожи, сладкие и скользкие губы, вкуса распустившихся лепестков цветка... тепло вливалось в меня. Я как вампир всасывался в этот эликсир жизни и счастья. И ощущал биение её сердца, будто оно было связано невидимой нитью с моей. Словно из двух рвущихся к друг другу планет хочет проскользнуть лучик солнца. Теплота и наслаждение захватили части тела, и я больше не руководил ими.

Скользнув поверхностью ладони и утонув пальцами в волнах её волос, подтолкнул наши головы ещё ближе. Земля остановилась!

Слов больше не было...

... были лишь мы.

Нежно и медленно отдаляясь от друг друга, мои губы почувствовали, что уходят с орбиты солнца... навсегда.

Я тихо закрыл дверь такси, будто и не было хлопка... Я все ещё не слышал нечего кроме стука её сердца, но он отдалялся. Такси уезжало, и стук становился все тише и тише.

Стоя и смотря в след машины... в след Джулии... я улыбался...

Я почувствовал себя полностью одиноким в этом огромном мире. Мир не существовал вовсе. Все как будто было лишь декорацией...

Внутри кто-то неистово кричал. Он умирал.

Пусть весь мир исчезнет. Все сотрётся. Все сгорит дотла.

Но Джулия...

Не верю... Не могу...

Нет!

-Про... щ-а-й...

Цвета всего мира вокруг меня... зданий, небоскребов, магазинов, ресторанов, кафе машин, людей, дорог... небо и земли...

все начало скатываться и исчезать, теряя свои цвета. Линии очертаний сливались во едино и все медленно таяло.

Глаза медленно закрылись...

Мелькнула капля в воздухе...

Мир треснул... все превратилось в дым... в кусочки... все исчезло, все испарилось...

Я остался один...

Все ушло...

И...

Я проснулся.

Вокруг разлетались красные пузырьки, иногда приклеиваясь друг к другу и взрываясь в не бытье.

Буль!..

Всю жизнь я пытался заставить себя жить. Стать таким как все. Иметь дом, семью, работу, детей, может и собаку. Нет, все же кота. По выходным устраивать вечер за обеденным столом собрав всех своих близких – жену, детей, маму, папу. И испытывать счастье в этой оранжево тёплой атмосфере.

Шею жмёт нехватка воздуха.

Но... Для меня уже в очень ранние годы это стало настолько несбыточной мечтой, что оно всего лишь... стёрлось навсегда. Как мечта стать космонавтом или открыть новые планеты. Хотя... Нет. Моя простая мечта о счастливой обыденной жизни была больше похожа на мечту как покорить солнце и построить на ней дом для себя.

Я тону...

Бесконечная глубина, сжигая тело тянет её в себя, чему я сопротивляясь пытаюсь вырваться. Тело уже наполовину съел красный бескрайний океан.

Вдруг перед собой я вижу некое зеркало. В ней сидит мальчик. Маленький, скошенный, державшийся за колени и засунувший голову под ноги. Он дрожит. Нет. Он плачет. Тихо. Почти беззвучно. Он пытался не беспокоить никого. Он не хотел, чтобы кто-либо услышал или увидел его таким. Он всегда должен показывать себя сильным и смелым. Слезы ему не идут. Он даже в зеркало не мог смотреть в такие времена.

Я задумался. А ведь на самом деле он мечтает о том, чтобы хоть кто-то увидел его таким. Крики и драки, посуда - стучащая по стенам и громкий звук телевизора. Гнев двух людей что подарили ему жизнь царапаются и калечат друг друга словами и вещами что попадаются им под руки. Слезы, кровь... это никогда не кончится. Мальчик задержал оба уха ладонями сжимая их и его плач стал более несдержанным и дрожащим. С каждой каплей мысли уходили все глубже на дно.

Буль!..

-Хватит! - закричал я в стекло, все ещё сопротивляясь океану крови.

Он не слышал.

-Хватит.

-И что? – мои глаза ошарашило, от каменного лица мальчика, когда тот сказал мне это, перестав сжимать уши и плакать, - это спасёт её или тебя?

-Э-это...

Мальчик встал подошёл к стеклу положив на неё ладони, и мёртвым взглядом выговорил:

-Ты просто убийца.

-Это не правда. Ты тупой ребёнок, что все испортил, ты никогда меня не поймёшь.

Резко хлопнув ладонью об зеркало, я закричал:

– Ты не я!

Зеркало разлетелось вдребезги! Взрывом осколки швырнуло в стороны, и мальчик исказился в миллионах частей сверкающего дождя осколков.

Из тьмы появился некий силуэт. Шаги по воде шлепками становились все сильнее. Я все ещё пытался не поддаться монстру потока, что тянет меня вниз - в глубь.

Он встал передо мной.

-Пора. Пошли. – Сказал он, протянув мне руку.

-Куда?!

-Нечего уже бояться. Ты больше не пленник своих иллюзий. Создадим нашу реальность вместе. – сказал Виновник.

-Нужно ли мне это? – мои глаза заглянули в глубь красного океана что походила на чёрную и грязную воду, и чем дальше я приглядывался, тем темнее и бескрайне она казалась.

-Хм... – ухмыльнулся тот и подставил свою руку ещё ближе, - хватит смотреть туда. Теперь ты на поверхности.

Я сжал его ладонь и потянулся вверх. Вылез из воды. Встал твёрдо на неё двумя ногами, будто она была твёрдой.

-Маркус. Пошли. Теперь нужно забыть обо всем и начать последнюю книгу с самой первой буквы. Напиши свою книгу. О себе реальном. Свою настоящую биографию в настоящем времени.

Я улыбнулся.

-Ты прав. Но... я же....

-Не говори этого, ведь это не так. Ты пытался её спасти. Ты сделал все что мог. Ты не виноват не в её смерти и уж конечно не в том, что родители развелись и обрели себя на жестокий конец. Ты был всего лишь ребёнком, подростком. Тот, кто страдал и пострадал больше всех. Слышишь меня?! Ты не виноват!

-Да...

В моих глазах блестела собственная улыбка, стоявшего передо мной. Я держал его руку, а он тянул меня к свету.

Это так приятно слышать.

Глаза застыли на за зеркальное отражение в воде, где был лишь я один.

-Но это не правда.

Буль!

Я отпустил его руку. В тот же миг твёрдость из-под ног исчезла. Тело опрокинулось назад. Спина захлебнула воду и канула в него, погрузив меня в самую бездну кровавого океана.

На дно.

Оно проглотило меня в свой чудовищный натиск, и тьма испарила меня в себе.

...

Я проснулся.

*****

Прошло больше двух месяцев.

Я нашёл работу в том самом магазине, где раньше работала мама и сейчас зарабатываю немного, но достаточно для прокормления себя.

Когда я лежал в больнице, мне давали лекарства, которые я пил, чтобы восстановить память. Вот почему реальность начала теснить мои воспоминания, и теперь почти не осталось последствий сотрясения мозга.

Я встретил в том магазине хорошенькую девушку, которую знал со школы. Пока ни мери теперь знаю об этом. Если бы я вёл себя более активнее, могло бы что-то получиться. Но...

В тот день, когда я в последний раз увидел тот сон... интуиция мне говорила... Я чувствовал с самого начала что это конец. Вот почему решил встретиться со всеми, напоследок. Вот почему...

Я больше не видел Джулию.

Сейчас моя жизнь налажена и кроме книг и воспоминаний не осталось и следа про прошлое. Протесты людей не прошли даром, и автобусы все же работают, что для меня конечно хорошо. Ведь надо же мне на чём-то дешёвом идти на работу, пока ни соберу денег на машину. Но... этого не случится.

Все те люди, которые живут нормально... Вы думаете, они полностью довольны реальностью и подстраиваются под него? Ничего подобного. Все создают себе иллюзии, все видят мир в разных цветах, все живут в своём мире. Люди знают и принимают реальность, но они все создают свои узоры и добавляют свои краски в эту так называемую реальность. Никто не робот и не подстраивается под все целиком. Не важно насколько ты правильно живёшь, ты видишь все иначе, чем другие. Не значит ли это что иллюзия, которую мы придумываем и есть для нас реальность?! Не значит ли это, что она реальнее, чем сама реальность?!

Неважно, что я придумал тот мир. Не важно, что людей таких не существует взаправду. Неважно!

Важно лишь то, что тот мир для меня реальнее, чем этот.

Сегодня мой день рождения, мне исполнилось 25. Сейчас в этом мире меня ни что не держит. За весь период, живя здесь, я чувствовал себя... как во сне. Я не в своей тарелке. Я... хочу проснуться.

Что плохого в том, чтобы жить там, где тебе лучше? Где тебе рады? Где ты счастлив?

В левой руке куча таблеток снотворного. А в правой ручка, которой я заканчиваю мою последнюю книгу про раннее как мне думалось детектива Маркуса, но оказавшийся собственным дневником снов.

Я не знаю, что ждёт человека после смерти. Я не доверяю всем этим теориям про - ад, рай, в перерождения, в вечные скитания души или что-то типа того. Но от всего этого я понял, что умереть значит попасть в другой мир... и пусть, даже я ошибаюсь, но... Я искренно, всей душой верю... Верю в то, что попаду в тот мир... В мой реальный мир.

Из слов доктора - "Мы верим в то, что хотим верить", я смог изъять для себя следующее: "Мы живём так, как считаем правильно. Мы верим в то, что считаем правильным. И мы живём в той реальности, в которую верим."

Я хочу вернуть себя, свой мир... Джулию. И пусть даже я наивный, верящий в несуществующее, слетевший с катушек писатель... но я верю!

Верующие Бога же не видят, но ведь верят?! Каждый верит во что-то. Чувства других мы тоже не видим, лишь слышим пустые людьми придуманные слова, которые не в силах описать всю глубину чувств. Но ведь мы её можем почувствовать. Вот и я пишу последние слова, заканчивая последние строки, навсегда бросаю ручку и верю... что смогу ей сказать три потрёпанные вечностью слова.

Я идиот. Но...

Я хочу... снова проснуться во сне.

Ручка скользнула по столу и треснув об пол разломалась пополам. Бездушное тело свисло на столе заслонив тенью, свои последние выцарапанные чернилами слова на листке:

"Я люблю тебя!".

"Смерть завораживает меня - вечностью"
<u>Сальвадор Дали</u>

Эпилог

Тик-так... тик-так...

Сон – явление что неописуемо никакими словами. Оно может принести и самые прекрасные, блаженные, счастливые чувства и выманить в самые неприятные, дискомфортные и полные личными страхами моменты или воспоминания. Возможно через миллионы лет (если человечество доживёт) мы сможем открыть все тайны космоса. Но... человеческое подсознание и особенно феномен под названием сон - всегда останется не до конца разгаданной загадкой для человека. Бесплатная и всем ведомая сказочная загадка. И настолько непонятная, и непостижимая, и в то же время родная и ясная, что можно назвать самым что ни наесть - ЧУДОМ.

Буль...

Мёртвый, застывший взгляд продолжал наблюдать танец алой гаммы, как парящие и манящие своей абстрактной и странной красотой – шторы, на дне океана.

Тик-так... тик-так...

Я всегда мечтал узнать, что же такое смерть. Почувствовать его всем телом и душой. Но это было невозможно. Узнав, что такое смерть, ты решишься права жить. Ты пожертвуешь самым дорогим ради этого чувства и шанс что пожалеешь довольно велик. А все те, кто уже узнали, не смогут рассказать. Это факт - а против фактов теории бессильны.

Смысл жизни — это аллегория жизни и смерти, неважна цель (смерть), а главное путь (жизнь), который ты проходишь ради достижения цели, (мечты, пункта назначения) ведь после него только опустошение, пустота, не бытье.

Наивная и смешная правда людей состоит в том, что чего бы они не хотели, какие бы мечты и надежды не имели, стоит им их получить... как тут же весь тот великий интерес и рвение пропадают. Мы все рабы этого. Дорогая одежда, книга, машина на которую ты смотришь каждый раз, когда идёшь на работу. И вот однажды ты заходишь в салон и покупаешь её. Взрыв лавы и вулкан опутывает. Лава остывает. А ведь ты не спал всю предстающую ночь. И так со всем.

Стоило мне желать жить так как я хочу. Жить так, чтобы, когда пришла последняя секунда на стрелках часов жизни и стеклянные глаза наполнились белым мёртвым туманом... ни о чём не пожалеть.

А ведь я совершил самоубийство.

Буль!..

Тьма продолжалась, окутывая, проглатывая, жуя меня как насекомого. Словно во рту хищника. Тьма как жижа сливалась со мной, и я и сам становился его частью.

Воздух... воздух... мне нужен... я хочу воздуха...

Тик-так...

Буль!

Все стиралось и небытие поедало моё сущность. Я исчезал с каждой секундой. А секунда тянулась в бесконечность.

Тик...

Тьма... ничто... гармония... спокойствие... уединение...

Счастье...

Капли взрывались и пробуждали океан. Спокойно и тихо падали и... Вспых!

Мои последние мгновения кончались.

Буль!

Вспых!

Секунда пятнадцатая... тик-так... кончилась.

Мир погрузился в бездонное не бытье.

Глаза пытались разомкнуться с ужасной сложностью и болью.

Я чувствовал. Я начал чувствовать.

Тик-так... тик...

Тиканье капельницы.

Буль...

Часы на стене.

Тик-так...

Искусственные змеи, вцепившиеся в вены, неустанно поступающие жидкостью наполняют тело.

Ненавистный запах больничной гнили.

Тяжёлое дыхание.

Вдох-выдох...

Я проснулся.

> *"Внезапно я проснулся и не знал, то ли я человек, которому приснилось, что он бабочка,*
> *то ли бабочка, которой приснилось, что она — человек."*
>
> <u>Чжуан-цзы</u>

[1] *Клиномания – повышенная потребность во сне, а так же стремление по долгу оставаться в постели после сна*

[2] *Анахоре́т - отшельник, тот кто живет в уединении, избегая людей*

[3] *Цефеида - класс пульсирующих переменных звезд, с довольно точной зависимостью период --светимость; наиболее известная Полярная звезда.*

[4] Аффилиа́ция - потребность в общении, эмоциональных контактах, дружбе, любви

[5] Сема́нтика - значение, смысл

[6] *Сиолония – способность контролировать свой сон, и делать в нем, что хотелось бы сделать в реальной жизни.*

[7] *Ажита́ция - волнение, возбужденное состояние*

[8] *Хеатускопи́я --арапсихологический термин, обозначающий возникновение иллюзии, что индивид видит самого себя*

[9] *Парафраз – дословный пересказ своими словами, краткое упрощенное изложение*

[10] Состояние, противоположное дежавю: внезапное ощущение, что знакомое место или человек кажутся неизвестными или необычными

[11] *Акоа́зм - слуховая галлюцинация в форме отдельных звуков*

[12] *Эпопе́я - Ряд крупных, значительных событий, образующих собой одно целое.*